ギリシア悲劇余話

丹下和彦

未知谷
Publisher Michitani

目次

1 旅鴉 5
2 帰って来た男 16
3 罌粟《けし》の花 29
4 三日待て 41
5 時節 67
6 そのあとさき 80
7 家族の肖像 94
8 クレオン 121
9 出船 133
10 メデアのゆくえ 160
あとがき 178

ギリシア悲劇余話

1　旅鴉

1

トロイア戦争に勝利したギリシア軍の諸将兵は順次、帰国の途に就きます。知将とうたわれたオデュッセウスもその一人です。大半は無事にわが家へ帰着しましたが、途中嵐に遭遇したりして不本意ながら長く洋上をさすらう者もおりました。オデュッセウスもそうでした。彼は都合十年洋上をさすらったあげく、出征以来二十年目にしてやっと故郷イタケのわが家に帰り着くことになります。

ホメロスの叙事詩『オデュッセイア』は、トロイアを出てイタケのわが家に帰り着くまでの十年間のオデュッセウスの冒険に満ちた放浪生活を描いたものです。その放浪の最後にオデュッセウスはパイエケス人の住むスケリエ島（架空の地）に漂着します。海岸に打ち上げられたオデュッセウスは島を支配するアルキノオス王の娘ナウシカアと出会います。

ナウシカアは前夜、夢に現れたアテナ女神の言いつけに従い、嫁入り前の乙女の修行として兄弟の衣類の洗濯に、仲間の少女たちともども海岸近くの河口まで来ていたのです。賑やかな少女たちの声に眠りから覚めたオデュッセウスはナウシカアと出会い、そのはからいでアルキノオス王の許まで案内されます。そして歓待を受け、暫時王の館にとどまります。二〇年ぶりにイタケ島のわが家に帰る直前です。帰国直前に篇中に夢のように平和な国、温和で優しい人々を置いた意味は何でしょうか？　ナウシカアという若い乙女との出会いも、なにか意味がありそうです。いや、オデュッセウスではなくナウシカアのほうにこそ意味がありそうです。

海から来た男を海岸で出迎えたナウシカアは、その気持ちをこう表白しています。

腕の白い女中たちよ、わたしのいうのを聞いておくれ、
この人が神にも似たパイエケス人の国に入ってきたのは、
オリュンポスにお住いの神々の御同意があってのことに違いない。
さっきは見すぼらしく見えたのに、
今は広い天にお住いの神々にも似て見える。
このような殿御がこの国に住みついて、
わたしの夫と呼ばれたらどんなによいだろう、

なんとかここに残る気になってくれたらねえ。
さあおまえたち、異国の方に食べ物と飲み物をおあげ。
（ホメロス『オデュッセイア』第六歌二三九〜二四六行。松平千秋訳、岩波文庫）

ここへ来るまでオデュッセウスは女神カリュプソと長い同棲生活を送っていました。それは「夜は洞の中で自らは望まぬながら、せがむ仙女（カリュプソ）にやむなく添寝していたが、昼は浜辺の岩に坐り、泣き呻き悩んでは心を苛み、涙を流しながら不毛の海を眺める毎日であった」（『オデュッセイア』第五歌一五四〜一五八行）というような生活だったのです。

このオデュッセウスを、天上の神々は会議を開いて帰国させることにします。カリュプソはやむなくオデュッセウスを筏に乗せて旅立たせます。

なんだか悪い女につかまって、言われるままにやむなく同棲生活をしていたような塩梅ですが、そう読み取るのは邪推というものでしょうか。生きて生活する手段として、彼のほうから積極的に女を利用していた節もあるのです。いや、あるはずなのです。男女の仲はわかりません。どちらともいえるのです。カリュプソに言わせればまた別のことを言うでしょう。ただ「こんな生活はもうやめよう」とオデュッセウスは思ったのです。神が旅立たせたのではありません。彼が自らの意志で女の家を出たのです。「神々の会議」というのは「建て前」に過ぎません。

海が荒れて難破したオデュッセウスは、衣服もすべてはぎとられ、裸身一つでスケリエ島の浜に打ち上げられます。帰郷を前にして各地の港に巣食う手練れの酌婦たちと手を切り、身も心も浄めた後（裸身がそれを象徴しています）、新しい世界に辿り着いた男――なんだかそんなようすではありませんか。そんな男の、架空の島スケリエ島、そして清新な少女ナウシカアとの出会いは、二十年ぶりの帰郷に向けて、いや新たに始まる生活再建に向けて作者が準備した儀式、いわば次の段階へ移るための踊り場に相当するもの、に他なりません。

ナウシカアは若い乙女です。十四、五歳の少女を想定すればよいでしょう。近い将来、島の貴公子の誰かと婚礼の式を挙げると見られている、そういう夢多き乙女です。その乙女が海岸で異国から流れ着いた男と偶然に出会います。難破して浜に打ち上げられたむくつけき中年の男です。しかしその男に食べ物、飲み物を与えて介抱しているうちに、いや、出会った瞬間からだったかもしれません、今まで知らなかった熱い思いが胸にわき上がってきます、そしてそれが口をついて出てしまいます。

人は皆、男の子であれ女の子であれ、その成長の途上で夢を持ちます、壮大で美しい夢を。男の子であればその夢を追って、その夢を果たそうと、海の彼方へ出掛けていきます。女の子は待つのです、夢を果たすために。海の彼方からやって来る人を、待つのです。自分の夢を果たす人が現われた――一瞬ナウシカアはそう思ったのです。乙女が待ち望むのは近所の、同じ村の、同じ国の人間ではない、遠く海を渡って来た人、夢を運んでくる人です。

　こうしてオデュッセウスはナウシカアのおかげで命拾いします。しかし——それだけです。以後二人の関係は何の進展もありません。

2

　一方、島の王アルキノオスはオデュッセウスを客人としてもてなし、酒宴に招待します。その場でオデュッセウスは乞われるままにこれまでの放浪生活を語ることになります。キュクロプスの島での冒険、魔女キルケとの出会い、冥府行、さらには魔女セイレーン、怪物スキュレ、魔の淵カリュブディスをめぐる冒険などです。こうした様々な人物との出会い、数々の冒険、各地の遍歴が『オデュッセイア』という物語の大きな部分を占めています。オデュッセウスは旅する人、『オデュッセイア』は旅と冒険の物語なのです。

　ひとつ面白いことがあります。アルキノオス主催の宴会に吟遊詩人が登場します。宴の余興として巷に流行している歌物語を披露し、宴会の客人の御機嫌伺いをするためです。そこで歌われたのはトロイア戦争の物語です。興味を持ったオデュッセウスは戦争の最終局面で起きた木馬の計略の話を所望して演者に歌わせますが、これこそ彼オデュッセウスがその計略の主要人物として活躍し、トロイア滅亡を決定づけた一大事件でした。十年前に自分が手掛けたその計略実行の場面――それはもう歌物語となって世間に流布していたのです――を十年後に当の本人が所望して歌わせ、わが耳にとどめることになったのです。第三者によって虚構化された十年前の自分の姿、自分の所業を、十年後に思わぬところで確認することになったのです。

彼はこの歌物語の素材の提供者でもあり、また出来上がった物語の受容者でもあるのです。しかもそこに描かれているのは実際の彼、本物の彼ではありません。第三者の手によって虚構化された彼、作品中の彼です。吟遊詩人は事実を素材にして虚構作品を創作します。それを聴いた（受容した）彼オデュッセウスは自分であり自分でない人物、虚構化された自分に出会うのです。そこでは、単に十年前の自分の姿の確認ではなく、それを今どうとらえるかという解釈が始まっているのです。

3

さてナウシカアです。海岸でオデュッセウスと出会い、彼を父王の館まで連れ帰った後、改めてオデュッセウスと会う機会はありませんでした。しかし作者ホメロスはもう一度二人を合わせます。オデュッセウスが風呂で身体を洗い、身支度を整えて宴会に出る直前です。館内の一隅で二人は偶然に出会い、立ち話を交わすのです。いい機会です。さっきの今です。ナウシカアは仲間の少女たちに漏らしたあの密かな思いを当人のオデュッセウスに告げたでしょうか？


オデュッセウスは湯船から上がり、酒盛り中の男たちの方へ向かおうとした。この時天与の美貌に輝くナウシカアは、堅牢な作りの天井を支える柱に倚って立っていたが、オデュッセウスを目の当りに見ると感に堪えぬ面持ちで翼ある言葉をかけていうには、

「ではお客様、御機嫌よう、国へお帰りになっても、いつかまたわたくしのことを思い出してください、誰よりも先にあなたの命をお助けした御縁があるのですから。」

知略に長けたオデュッセウスが、そういう姫に答えていうには、

「度量宏きアルキノオス王の御息女、ナウシカア姫よ、願わくはヘレの背の君、雷を轟かすゼウスが、無事に帰国して故国の土を踏むことをわたくしにお許し下さるように祈るばかり。その暁には国許にあっても、あなたを神様同様に、いつまでも渝《かわ》ることなく崇めるつもりでおります、姫よ、あなたはわたしの命の恩人なのですから。」

（ホメロス『オデュッセイア』第八歌四五六～四六八行）


交わした会話はこれだけです。ナウシカアがいうのは「わたしはあなたを助けた命の

恩人だ」ということだけです、「だから無事国許へ帰ってもそれを忘れないでほしい」と。昼間海岸で仲間の少女たちに漏らした胸の思いはおくびにも出しません。あれは嘘だったのでしょうか。いや、赤裸々な思いだったので、目の前の本人には恥ずかしくて言えないのでしょうか。

命の恩人云々という立ち話は、彼女の愛情表現、いや、相手の男の気持ちをはかる瀬踏みだったのです。もしオデュッセウスが「国へ帰らずこの島にとどまる」とさえ言えば、これは愛の表示となるのです。しかし、オデュッセウスはそうは言いませんでした。彼はイタケに帰るつもりでいます。ですから彼女の言葉は愛情表現とはなりませんでした。オデュッセウスの心には届きませんでしたから。

島の女は海を渡って来た者に対して一縷の望みをかけます。その男に島にとどまる気があれば彼女の望みは結婚という形で成就します。ナウシカアの場合、彼女に魅力がなかったわけではありません。オデュッセウスのほうが帰心矢のごとしで、はなから島にとどまる気がなかっただけです。ですから彼は救命の返礼に「国許でもあなたを神同様に崇めるつもりだ」と言います。そこにあるのは、両者ともに個人の心情を封印したうえでの、乾いた言葉の遣り取りです。

ナウシカアは若いがゆえに愛の作法を弁えていなかった――というのは間違いです。命を救ってやったという優越意識を武器に、したたかに交渉したのです。ただ相手を間違えました。とどまる意志のない者にとどまれと言ったのです。救命の代償は感謝の言葉だけでした。彼女はまた次に海を渡って来る男に愛の成就を賭けねばなりません。生きるためには食べねばなりません。夢を食べるだけでは生きてゆけません。いずれ命は涸れ果ててしまいます。食べさせてくれる男を女は探すのです。

命を助けてくれたナウシカアに対してオデュッセウスが返したのは感謝の言葉だけでした。彼女の心中の思いを察知していたかどうか、察知していたとしてもそれには些かの関心も示さず、「お嬢さん、およしなさい」と言わんばかりに「感謝」だけを表示しました。互いに私情をはさまず、仮面のままで交渉したのです。

4

オデュッセウスはナウシカアに対してはかくの通りの応対をしたのですが、彼女の父アルキノオス王に対しては充分の返礼をします。それは何か。見てみましょう。

オデュッセウスはナウシカアと別れた後、アルキノオス王が催す酒宴の場へ招かれて姿を見せます。そこで彼は楽人デモドコスから思いがけなくも十年前のトロイア戦争の歌物語を聞かされます。宴会に呼ばれた楽人、すなわち吟遊詩人が巷に流行る歌物語を一座の余興として披露していたのです。その見事な歌いぶりを褒め称えた後、彼自らもリクエストします。戦争の最終章の「木馬の計略」の話です。デモドコスの朗誦をしばし聞いた後、彼は泣きます。凄惨な戦乱の巷は十年経ってみれば涙の対象となる、ということなのでしょうか。少なくとも勝利の喜びはそこにはありません。横に坐っていたアルキノオス王だけが彼の涙に気づきます。そしてしばし宴を中断し、休憩の時間を取ります。主催者としての気遣いでしょうか。

宴が再開されたあと、アルキノオスはオデュッセウスにこれまでの経歴を語るよう要請します。オデュッセウスはこれに応じて自身の身の上を明かしたあと、過去十年に及ぶ放浪生活を逐一明らかにします。キュクロプスとの闘い、魔女キルケとの関わり、怪物セイレーンとの邂逅、魔の淵カリュブディスからの逃避などです。いずれもスケリエ島に住む者たちには未経験の事象であり、また物珍しく貴重でもある話です。これは、デモドコスが朗唱するトロイア戦争をめぐる歌物語と同様、宴会を盛り上げ宴席の者らを喜ばせる余興となるものでした。いや、それだけにとどまりません。それは島民に島外の諸状況を告げ知らせる貴重な「情報」でもあったのです。この情報提供こそが、アルキノオス王から受けた救命と保護と歓待に対するオデュッセウスからの返礼です。いわば一宿一飯の恩義のお返しです。

一般に放浪の旅芸人は歌物語を宴席で朗唱して客席の御機嫌を取り結び、宴を盛り上げると同時に放浪の旅の途次に仕入れた各種の情報を宴の主催者に告げることで、単なる娯楽提供以上の役割を果たすものですが、オデュッセウスはここでまさにその役割を演じたのです。

　オデュッセウスは詩人ではありません。彼は詩を朗唱したわけではありません。放浪生活を語って聞かせただけです。それが聞く者には娯楽となり、また近隣の海洋事情を告げる有力な情報となりました。オデュッセウスは、パイエケス人の島ではデモドコスさながらの吟遊詩人になったのです。それは彼にとって生涯で最初で最後のことでした。

　アルキノオス王は快速船を仕立ててオデュッセウスを故郷のイタケ島まで送り届けます。情報提供のお礼かもしれません。架空の島で一服し心身ともにリフレッシュしたオデュッセウスは、二十年ぶりのわが家で新しい生活の準備に取り掛かります。

2　帰って来た男

1

　ここに一人の男がいます。出稼ぎから帰って来た男です。家を出てから二十年が経っています。最初の十年は異郷の地で戦いに明け暮れていました。後の十年は嵐に見舞われるなどして引き揚げ船の針路が定まらず、洋上を彷徨い歩きました。行く先々で馴染みになった女もいたし、危ない目にも遭いました。そして仲間とも部下とも死に別れ、たった一人でわが家に辿り着いたのです。

　ところがそこも安住の地、安楽の場ではありませんでした。主人の長期の留守をよいことに、家には近隣の有力者たちが勝手に入り込み、家財を食い荒らしていたのです。彼にはまずこの悪党どもを退治して、家をかつての状態に戻す必要がありました。依然として苦労は続いたのです。

幸いなことに一人息子がいっぱしの若者に成長していたのを頼りに、悪党退治と家の再建に取り組みます。それはそれとしてよいのですが、妻が自分を夫と認めないのです、二十年ぶりの帰宅だというのに。いや、二十年も家を留守にしていたからでしょうか。この男——オデュッセウスといいます——はわが家に巣食う悪党どもを一掃するために、正体を悟られぬよう旅の乞食の姿に身をやつしています。それもあってか、妻は海を渡って帰って来た男を夫であると認めようとしないのです。

二十年ぶりに対面した妻ペネロペイアはこう切り出します、「客人よ、わたしがそなたに先ず第一に訊ねたいのは、そなたは何者で、何処から来られたのか、そなたの生国は何処で、御両親は何処にお住まいかということです」（ホメロス『オデュッセイア』第十九歌一〇四～一〇五行　松平千秋訳　岩波文庫、以下同）。以下オデュッセウスは正体を隠したままペネロペイアに応対します。

その彼にペネロペイアは夫の出征以来直面した数々の苦労を物語ります。話しぶりは丁寧で行き届いていて、構えるところがなく、また事実を隠したり誇張したり飾り立てたりするところもありません。実の夫に向かって留守を預かっていた妻が淡々と経過報告をするような調子です。

オデュッセウスは時が来るまで身の上を偽っています。足を洗ってくれた老女——昔の乳母——が足に残る傷跡から、海を渡って来た男はオデュッセウスだと気づいたときも、

慌ててその口を手で塞ぎます、

オデュッセウスは手を伸ばして、乳母の喉を右手で抑え、他方の手で乳母を身近に引き寄せていうには、

「婆やよ、どうしてわしの身を滅ぼすようなことをするのだ。そなたはわしを、乳房で自ら育ててくれた女ではないか。わしはさんざん苦難を嘗め、二十年目になってようやく今国へ帰って来たのだ。しかし、そなたがわしに気付き、神がそれをそなたの胸に吹き込まれた今となっては、屋敷の中でそなた以外の誰も気付かぬよう、黙っていてくれよ。わしはここではっきりといっておく、そしてこれは必ずその通りになるぞ――そなたがもし黙っておらねば、よいか、幸いに神がわしの手で、高慢な求婚者どもを討たせて下されたとせよ、その折にはこの屋敷の女中どもを成敗するに当たり、たとえ乳母であろうと、そなたをも容赦はせぬぞ。」

（第十九歌四七九〜四九〇行）

オデュッセウスは豚飼と牛飼に正体を明かして協力を誓わせ、息子テレマコスとともに求婚者たちを誅殺します。そのあと妻ペネロペイアと再び対座します。館は取り戻しました。しかし家庭は、いや、妻はまだ取り戻してはいない。ペネロペイアはオデュッセウスを夫であるとは、まだ認めていないのです。

2

　求婚者退治のあと、乳母がペネロペイアの寝床までやって来ます。オデュッセウスから「ペネロペイアを呼んで来てくれ」と言いつかったのです。最初ペネロペイアは乳母の報告――オデュッセウスの帰国と求婚者退治――を信じようとしません。オデュッセウスは死んだものと信じ込んでいます（そのような振りを見せます）。乳母は足洗いの場で見つけた主人オデュッセウスの足の傷跡を証拠に挙げます。ペネロペイアは「息子テレマコスに会いに」という口実で階下へ降ります。そのときの心中は次のように描写されています、「……階上の間から階下へ降りて行ったが胸の内では、離れたままで愛する夫に問い質すべきか、それとも傍らへ寄ってその頭と手に触れて接吻すべきかと、あれこれ思い巡らしていた。」（第二十三歌八五～八七行）と。

　階下へ降りて行ったペネロペイアはやや遠めの席に座り、オデュッセウスと対面します。両者ともしばし無言のままです。見かねた息子のテレマコスが口を切ります、「母上、なんとつれないお心か、それでは母とは呼べぬ、どうしてそのように父上から離れておいでです、どうして傍らに坐って、あれこれとお訊ねにならぬのです。さんざん苦労を重ねた末、二十年目にやっと故国に帰って来た夫を迎えて、母上の如く頑なに離れて近寄ろうとせぬ女が、ほかにありましょうか。母上の御心は、いつも渝《かわ》らず石よりも硬いのですね。」
（第二十三歌九七〜一〇三行）

二十年ぶりに再会した夫婦の会話は息子テレマコスの仲介をまってやっと始まります。テレマコスの強い非難の言葉を受けてペネロペイアはその心中の思いを、それまで秘めていた——われわれ聴取者、読者にも——重要な秘密を明らかにします、

倅よ、わたしの胸中の心は、驚きでしびれたようになってしまって、話しかけることも訊ねることも、まともに顔を見ることもできぬのです。この人が本当にオデュッセウスで、今この家に帰って来てくれたのであれば、わたしらにはお互いにそれと知る、もっとよい手立てがあるのです。わたしらには、他の人が知らず二人だけが知っている、秘密のしるし《セーマ》があるのだから。
（第二十三歌一〇五〜一一〇行）

これはペネロペイアからの謎かけです。どうか夫婦二人だけの秘密を解明してくれという誘いです。しかし鈍感なオデュッセウスはそれと悟れず、「彼女には試させるままにしておけ」としか言い得ません。これはまた好結果を聴衆に期待させる一手法でもあります。そのためにわざとオデュッセウスを鈍感にさせているのです。決定的な解明（解決）の場を準備するためのジラシ戦法でもあるのです。

さて、オデュッセウスはペネロペイアの非情ともとれる態度を非難するように以下のように言って、乳母に自分の寝床のしつらえを頼みます、「さあ婆やよ、わしはひとりでもよい、寝むから床を展べてくれ。この女の胸中にある心は鉄で出来ているらしいのでな。」(第二十三歌一六六〜一七二行)と。

ペネロペイアは寝床の用意を乳母に命じます、「さあエウリュクレイアよ、あの方が御自分の手でお造りになった見事な寝室の外に、頑丈な寝台を用意しておあげ。そこへ頑丈な寝台を運び出し、羊の皮に毛布、綺麗な敷布などの寝具を揃えてあげなさい。」(第二十三歌一七七〜一八〇行)と。

これを聞いたオデュッセウスは怒りだします、誰があの寝台を寝室の外に持ち出せるようにしたのかと。彼ら夫婦の寝室の寝台は自由に動かせるものではなかったのです。新婚のとき、オデュッセウスは庭にある一本のオリーヴの古木をそのまま生かして、その根元の部分に細工して寝台を造りつけたのでした。「その寝台を誰がどのようにして動かしたのか?」と動かせないはずの寝台の秘密に、オデュッセウスはここで初めて触れます。その怒りの声を聞いたペネロペイアは、誰も知らぬ秘密を言い当てたこの男こそまぎれもないオデュッセウスその人だと認めて、喜びの声を上げます。

彼女は泣きながら真直ぐに駈け寄ると、両手をオデュッセウスの頸に投げかけ、額に

接吻していうには、

「オデュッセウス、お願いだから怒らないで頂戴、あなたは何事につけても、誰より聡明な方ですもの。わたしら二人が離れずに青春を楽しみ、老いの閾に行き着くのを快く思われなかった神様方が、こんな苦労を授けられたのです。どうか今は、わたしが初めてあなたを見た時、このように喜んでお迎えしなかったことをお怒りにならず、怪しからぬ女とお叱り下さいますな。わたしの胸の内の心はいつも、誰かが訪ねて来てわたしを騙しはせぬかと、恐れ戦いていたのです。なにせ、善からぬ企みをめぐらす者が多いものですから。ゼウスを父とするあのアルゴスのヘレネにしても、勇猛なアカイアの子らが、やがて自分を故国へ連れ戻すことになると、知っていましたら、他国の男と契って愛欲に耽ることもなかったでしょう。あの女が恥ずべき罪を犯したのは、神様がそそのかされたのです。それまではヘレネも、あのような恐ろしい心得違いを、胸の内に持っていたわけではありますまい。その心得違いのゆえに、はじめからわたしらまでが悲しい目に遭ったのでしたが。でも、あなたがわたしらの閨の秘密を、疑いもない証拠としてお話になった今は——その閨はあなたとわたし、それに女中ではたった一人、わたしがこちらへ嫁いで来る時、父が付けてくれて、わたしらの頑丈な造りの寝室の扉の番をしている、アクトリス（アクトルの娘?）以外には、見た者は一人もいないのですから——今はさすがに頑ななわたしの心も、あなたのお言葉でほぐれました。」
妃の言葉にオデュッセウスは、いよいよ慟哭の想いが胸に迫って来て、愛する貞淑な妻を抱いて泣いた。
（第二十三歌二〇七〜二三二行）

かくしてようやく両者は互いが妻であり夫であることを認めます。「動かない寝台」こそが両者に再認（アナグノーリシス）をもたらす秘密の鍵だったのです。

3

しかしペネロペイアはなぜしつこく確認を求めたのでしょうか。帰って来た男はほぼ九十九パーセント真実の夫らしく見えました。それだけでなく息子のテレマコスが――赤子の時に別れて二十年会わなかったテレマコスが（！）――すでに父と認めていました。なによりも昔の夫をよく知る乳母のエウリュクレイアが足に残る幼児の頃の傷跡を指摘していました。しかしペネロペイアは信じようとしませんでした。少なくともそのふりを見せました。そして彼女だけが知る秘密にこだわりました。それが解明されないうちは夫であることを認めようとしなかったのです。

彼女は完璧に待ちたかったのです。二十年間待ち続けたのです。「待つという行為」を完璧に仕上げたかったのです。完璧に待つことが愛情と貞淑のこの上なき表示、その在り方であったのです。いや、自分を二十年間完璧に待ち続けた女にしたかったのです。夫を「寝床の秘密」までたどり着かせることで、二十年間の待機を――そのうちのいくつかの過ちと汚点を払拭して――完璧なものにしたかったのです。

ペネロペイアは乞食姿の男を見た時から「夫が帰って来た」と直感していました。これまでに何人かのオデュッセウスを迎え入れたことはありましたが、今度こそは本物だと思っていたのです。あとは再会劇が完璧な形で仕上がるまで知らぬふりをして待っていたのです。息子、年老いた乳母、そして聴衆、それに読者も、夫婦二人の合作劇に騙されていたのです。ただし夫婦二人は意図してこの劇を合作したのではありません。わたしたちにそう見えるだけです。

ペネロペイアは自らの存在、その貞女としての姿を確かめ、際立たせ、主張する場、あるいは聴衆に見せる場、聞かせどころ、いわば見せ場、見得を切る場を必要としたのです。これによって彼女は作品『オデュッセイア』中、初めて確たる存在感を示すのです。「待つこと」は一つの儀式のようなものですし、「待ち続けること」は一つの力、一つの意思表示です。待つことを知っている人間、待ち慣れた人間が過去に騙された苦い経験を払拭してその身の清く貞潔であることを誇示する、そういう儀式です。

翌朝男は黙って家を出て行った。昨晩あれからペネロペイアに言われたからだ、「あなた、オデュッセウスじゃないでしょう、分かってますよ。わたしたち夫婦には二人だけにしかわからない秘密の印があるのです。いくらほのめかしても、あなたにはそれがいえなかった。残念ね、あなたはオデュッセウスじゃありません。違う人です。……やはりトロイア帰りの人かしら。ご苦労なさったのね。どうぞゆっくり寝て、明日ほんとの家にお帰りなさい」

翌朝男は朝食を摂り、作ってもらった弁当を抱えて、黙ったまま家を出て行った。ペネロペイア一人だけが見送った。

彼女には、本当のオデュッセウスを証明するものは「寝台の秘密」の解明しかありませんでした。彼の姿形はもう忘却の彼方にありました。愛だって忘却されます。乳母がいう古い傷跡も彼女には信じられません。経験してませんから。乳母には強い証拠となっても彼女には無関係です。「あの人」は乳母にとってはオデュッセウスかもしれないが、彼女にとっては違う人、夫のオデュッセウスではないのです。

二十年という歳月は、それ相応の生活上の垢と汚れを互いの身に付着させたはずですが、作者ホメロスは二人とも清い身であることを前提に物語を作っています（オデュッセウスはスケリエ島で潔斎させていますが、ペネロペイアはわれら聴衆、読者には専ら清い処世を忖度させるという手法をとっています)。それならば「寝台の秘密」は不要のはずです。「ただいま」「おかえりなさい」だけで済みます。なぜあるのでしょうか？　用心深いペネロペイアの警戒心、ただそれだけのためでしょうか？

オデュッセウスは、「新婚の寝台」を思い出すまで「待たされたこと」でペネロペイアの過去を推測しなければなりません、悲しいまでの妻の策略を。

二十年は長い歳月です。その間双方に不都合なことが少なからず起きていたはずです。しかしまた二十年の歳月は、互いの不都合を埋め込むには十分の長さでもあります。「新婚の寝床」は不都合な出来事のすべてを洗い流す「二度目の新床」なのです。二十年ぶりに二人がベッドを共にしたということは、二人は互いの過去を赦し合ったということ、新しい家庭の構築を誓い合ったということ、です。互いの過去を認め、再度出発することの儀式です。かつての新婚の寝床は再出発の契りの寝床になったのです。

ペネロペイアは①真の夫の確認と、②再出発を夫に誓わせるために、③そして互いの過去を忘却するために、寝台の謎かけをしたのです。自分と共に再出発をする意志はあるかと。そのために極めて意図的に夫を新婚時代の寝台へ誘い込んだのです。オデュッセウスはしたたかな妻の膝下に甘んじて身を屈めたのです。いつの時代にもペネロペイアは、ペネロペイアのような妻は、数多くいました。出稼ぎに出た亭主の留守を妻は健気に、時に身を汚すことはままあっても、守っていたのです。もちろん我慢できずに家を出て行く妻もいたでしょうし、クリュタイメストラの同類もいたでしょうけど。ペネロペイアが夫の帰りを待っていたのはそのほうが有益だと計算したからに他なりません。そのほうが得策だと。

オデュッセウスが寝床の秘密を言い当てたこと――ペネロペイアはそれを聞いて男がオデュッセウスであることを確認し、それでオデュッセウスの過去を赦し、新たにオデュッセウスを夫として受け容れたのです。それを見てオデュッセウスも彼女ペネロペイアのすべてを受け容れたのです。何があっても妻のすべてを受け容れること、それが出稼ぎに出る亭主に必要な資格なのですから。

ペネロペイアは「貞淑な身を持したまま」家を守っていた――これは建前です。余計なことを言わずに建前だけで事を処するのも、またそれを受け容れるのも、人生ではときに必要なことです。

以下余談です。

アリダ・バリという女優がいました。映画『第三の男』の最終場面で教会の墓地からの長い並木道を真直ぐに歩いてくる、あの女優です。彼女が、また別の映画『かくも長き不在』でゲシュタポに連れ去られた夫をパリのセーヌ河畔のわが家で待ち続ける妻の役を演じています。それらしい男は記憶喪失した廃人同様の男です。妻は男を夫ではないかと思い、なんとか記憶を呼び覚まそうと努めますがうまくゆかず、最後、夫らしきその男は事故で——トラックにはねられて——死にます。妻にはまた待ち続ける日々が始まります。

こんな例もあります。戦場から帰還したフランス兵士がわが家に帰り着いてみると、妻は見知らぬ男とベッドの中。思わず兵士は妻に銃口を向けて引き金を引きます。そして遠くポルトガルまで逃げて行きます。海辺の町ナザレで……。もの悲しいファドの調べが流れています。『過去を持つ愛情』という映画です。

蛇足。ファドといえばアマリア・ロドリゲス。この映画の中で「暗い艀《はしけ》」というのを歌っています、ファドではないけど、これ、ちょっといい歌です。

帰ってくる男はいろいろです。オデュッセウスもその一人です。

3 罌粟《けし》の花

1

叙事詩『イリアス』に一つ印象的な情景描写があります。

（テウクロスは）こういうと、さらに一本の矢をヘクトルめがけて弦から放ち、
射当てんものと心は逸ったが、矢はヘクトルを逸れて、
プリアモスの優れた子、容姿端麗のゴルギュティオンの
胸に当った。アイシュメから嫁いできた彼の母、
その姿は女神にも劣らぬ美女カスティアネイラの産んだ
子であった。撃たれた男は、
さながら庭先の罌粟が、

実も重く、春雨にも濡れて片方に頸を垂れる如く、
兜の重みにがくりと頭を片方に傾けた。

（『イリアス』第八歌三〇〇～三〇八行、松平千秋訳）

トロイア城外の合戦の場です。

ギリシア方の戦士テウクロスが敵方の大将ヘクトルを狙って矢を放つ。矢は外れて傍らにいた若武者ゴルギュティオンの胸に当たる。無言のまま倒れるさまが、罌粟の花の比喩を使って描かれています。

春先の庭、そこに群生する罌粟が雨に濡れて首を垂れる、ちょうどそのように胸に矢を射込まれた若武者が兜の重みに耐えかねてがくりと頭を垂れる。非情の矢が若武者の初陣を手荒く迎えたのです。

これは単に無情な死を描くだけのものではありません。まだ若い武人の痛ましくも美しい死を描くものです。

叙事詩はその民族の歴史と自主自立の意志を広く天下に公布すべく編まれたものです。そのため他民族との抗争――それも勝利に終わった抗争――を経て成立した己の姿が題材に選ばれます。『イリアス』はその典型と言ってよいものです。ひっきょう抗争の発端、展開、激戦の模様、すなわち題材、構成、展開等々が主たる内容となります。

しかし抗争しているのは人間です。ですから物語の進行の合間に、しばしば人間らしい喜怒哀楽の声が挟み込まれます。そのとき比喩という文章作法によって文言に潤沢と美が生まれます。村の辻で物語の歌い手を待ち受けている民衆の心は、トロイアでの戦闘の詳細を巧みな節回しに酔いながら確認することだけにあるのではありません、折に触れて挟み込まれる美しい情景描写を楽しむことにもあるのです。

ここに歌われる若武者の死は比喩の力を借りて修飾されます。春雨に打たれる罌粟の花を手向けられた若武者の死に姿は聞く者の心に長く残ります、哀感とともに。ひょっとして一ノ谷の合戦に散った敦盛を思い起こしませんか？

2

罌粟の花の比喩をもう一度使った詩人が居ます。抒情詩人のステシコロス（前六四〇年頃〜前五五五年頃）です。叙事詩と抒情詩はその文芸ジャンルが違います。その差異を越えて同じ（ような）比喩がほぼ一五〇〇年越しに詩行の間に現れたのです。その抒情詩を見てみましょう。

①　ストロペー（旋舞歌）

そして［
牛たちがわたしの小屋から外へ
　駆り出されて行くのを見ること……
だが、友よ、もしもわたしが［忌まわしい］老年に
　到達せねばならんとすれば、
そして至福の神々のもとを［遠く離れ、
　はかない命の者らに混じって生きねばならぬとすれば、
そのときは定められたものを［耐え忍ぶほうが
　ずっとましなこと、［死を逃れようとし

②　ストロペー（旋舞歌）

　］強力な者にたいして、
脇にかがんで］工夫を凝らした、
　］辛い破滅を。
そして彼は］楯を［胸の］前に構えた。
　こちらは石で］

こめかみを打った。］すると頭から
　たちまち大きな］
音を立てて］馬の毛の前立てのついた兜が［落ちた。
それはそこの］地上に［ある。
（オクシリンコス・パピルス二六一七）

③　アンティストロペー（対旋舞歌）

すなわち光る頸もつ水蛇《ヒュドラ》、人間の殺し手の
苦悶で汚された（矢で？）。無言のまま彼は
　狡猾にも額に打ち込んだ。
それは肉と骨とを切り裂いた、
　神の摂理にしたがって。
矢は頭の天辺に
　まっすぐに止まり
真赤な鮮血で胸甲と
　血まみれの四肢を汚した。

エポドス（結びの歌）

ゲリュオンの首はがくりと折れ曲がった。

さながら罌粟の花が
そのたおやかな姿を害《そこ》のうて
とつぜん花弁を打ち落とし［
（オクシリンコス・パピルス二六一七）

①はギリシア世界の西の果てエリュテイア（現イベリア半島最南端）に棲む怪物ゲリュオンの言葉です。

ここに展開している抒情詩『ゲリュオン譚』の鑑賞に入る前に、まずはこの詩篇の作者ステシコロス、詩篇『ゲリュオン譚』（断片一三四行）、そこに登場する怪物ゲリュオンなどについて若干の説明をしておきましょう。

右に上げた①、②、③は抒情詩人ステシコロスの抒情詩『ゲリュオン譚』の一部です。まずステシコロスはどういった詩人か？「スーダ辞典」（一〇世紀に成立した古典文学辞典）を開いてみましょう。

〈略〉彼ステシコロスは、伝承では、ヘレネのことを悪しざまに書き綴ったために盲目となったが、夢に着想を得て前言取り消しのヘレネ頌詩を作ったところ視力が戻ったという。彼がステシコロスと呼ばれているわけは、キタラ（弦楽器）に合わせて歌う合唱隊《コロス》を最初に組織《ステサイ》した人であるからである。元来はテイシアスという名前であった。

これは面白い情報です。エウリピデスもこのステシコロスの行動を踏襲しました。別に視力を失ったわけではないのですが、それまで書いていた悪女ヘレネに代えて貞女ヘレネを書いたのです。前四一二年上演の『ヘレネ』です。そこでは、トロイアへ行ったのは神が拵えた幻の、つまり偽物のヘレネで、本物はエジプトにいたことにしています。

これは文芸の世界での素材と創作の関係性、いってみれば創作すなわち作品を作るということはどういうことか、を考える上で重要な一点になるものです。自分の意に添う新しい人物を創造することは、文芸作品の創造に携わる人間にとってはごく重要なことです。ステシコロスの先例に倣って、エウリピデスはヘレネ像の大胆な改変を伴う新しい作品『ヘレネ』を世に問うたのです、これが自分のヘレネであると。そこでのメネラオスは、美女妻ヘレネを追いかけながら、最後には美という抽象概念を追求していたことに気付きます。そういう仕掛けになっています。

悲劇『ヘレネ』は措いておきましょう。問題は抒情詩『ゲリュオン譚』です。で、そのゲリュオンとはいったい何であるのか？

先に述べたように、ゲリュオンは世界の西の果てエリュテイアに棲む三頭三身の怪物で、多数の牛を所有する牛飼いです。その牛を略奪しにヘラクレスがやってきます。両者は抗争します。武力も知力も優るヘラクレスが勝利し、牛を奪っていきます。この話をステシコロスは一篇の合唱抒情詩に仕立て上げました。これは数あるヘラクレスの冒険物語の一つ、ミュケナイ王エウリュステウスの指令でなされた「十二の功業」の一つを歌ったものです。

ところでちょっと中断しますが、抒情詩そして抒情詩人には二種類あることをお話ししておきます。生まれ在所で自ら作り自ら歌う独唱詩人——これは「地域の詩人」と呼ばれる人たちです。サッポー、アルカイオス、アナクレオンといった詩人たちです。これに対して各地で催される祭礼での朗唱大会を活躍の場とする合唱抒情詩の詩人たちは「旅の詩人」といわれます。ステシコロスをはじめシモニデス、バッキュリデスなどが数え上げられます。

元来テイシアスという名前だった一人の詩人が合唱隊のコロスを組織したところからステシコロスと呼ばれるようになったという「スーダ」の記述は、重要な意味を持っています。複数の歌い手を用意し、しかも甲、乙二部に分けて互いに歌合せをさせることにしたところに、新しい文芸形式の誕生を予測せしめるものがあります。

独立した各詩群の並列形式ではなく、複数の人間（歌い手）による起承転結の立体的な構成と物語的内容を有する表現形式です。いずれは劇的展開へと向かう可能性を秘めた表現形式と言ってよいでしょう。

3

さて「ゲリュオン譚」です。

前半（残存詩篇の）では主人公ゲリュオンの日常生活の一端が触れられています。上掲の引用①です。三頭三身という異形ではあるものの、辺境の地で牛を飼育しながら安穏な生活を享受している姿が垣間見られます。

そこへヘラクレスがやってきます。神話世界で最強の豪傑です。彼は世界中、いや冥界にまで出かけて、世に禍をもたらす各種の災害を防ぎ、怪物を駆除し、また不埒な徒輩の悪行を矯め直し、もって天下の政道を正す好漢とされています。お目付け役、いや世直し屋ですね。その彼が難行とされる「ゲリュオンの牛盗み」を請け負って、世界の果てまでやって来たのです。

天下無敵の男はさっそく仕事にかかります。引用①、②、③をご覧ください。ヘラクレスは策略を用います。断片②の直前に次の三行があります。

「心の内に彼（ヘラクレス）は決めた
〈判読不能〉

はるかに有利だと［彼には思われた
］密かに戦いを仕掛けることが［

ヘラクレスはゲリュオンの身近くに身を潜め、とつじょ襲い掛かって相手のこめかみを石で一撃し、兜を打ち落とします。次いで、無防備になった相手の頭部へ正面から矢を射込みます。矢は頭内の天辺に至り、ほとばしる鮮血に身は真赤に染まります。「ゲリュオンの首はがくり折れ曲がった。／さながら罌粟の花が／そのたおやかな姿を害《そこ》のうて／とつぜん花弁を打ち落とし［(以下欠損)。］」これがゲリュオンの最期です。

戦いに勝利したヘラクレスは帰途立ち寄ったケンタウロス族のポロスのところで勝利の美酒を飲み干します。アテナイオスの手を借りれば、その状況は以下のようだったようです。

酒瓶三個分はたっぷり入る
　酒杯を取り上げ、
口にあてがい飲み干した、彼のためにとポロスが
　水と和えて渡した、その酒杯を。

（アテナイオス『食卓の賢人たち』第十一巻　四九九a－b）

かくしてヘラクレスは牛の強奪に成功し、その冒険譚に新たな一章を加えます。ゲリュオンは手塩にかけて育てた牛とおのれの命を失います。勝敗はくっきり分かれますが、しかし詩人の意図するところは、単に勝者ヘラクレスの偉業を褒め称えるだけではなかったように思われます。それは何か？　それは敗者の意地を歌うこと、書き留めること、であったように思われます。勝者の栄光を称えるのは、ふつう叙事詩人の仕事です。争いに負けて去って行く者の怨みと哀しみを告げるか細い声を耳に止め、歌いとどめ、書きとどめるのが抒情詩人の仕事です。

辺境の怪物退治と牛盗みはヘラクレスの偉業として世に喧伝され、その「十二の功業」の一つとして後世に伝えられています。それをステシコロスは敢えて自分の詩業の一つに取り上げました。ヘラクレスを英雄として讃美するためか？　いえ、滅ぼされたゲリュオンの無念を書き留めてやるためです。ひねくれ者の手前勝手を気取るのも抒情詩人の仕事の一つです。

ステシコロスはこの世から去り行くゲリュオンの霊に罌粟の花を手向けました。遥か昔にホメロスが使った古臭い比喩を借りたのです。春雨けぶる庭土の上に落ちる罌粟の花ではありません。暑い陽のもと、乾いた砂地に崩れ落ちる罌粟の花弁です。折れ曲がる首は若き公達のそれではなく、三頭三身の異形の怪物の中央の（おそらく）首です。邪魔者、目に余る者、辺境に巣食う余計者は退治され、排除されてしかるべし。それが世のため人のためであるとされて、退治する者は正義の人、正史の主人公となるのです。

抒情詩人ステシコロスは敗者ゲリュオンの骸に罌粟の花を供え、その不様な死に数滴の涙をそそぎ、その異様な美を称えたのです。

4　三日待て

1

ここに取り上げるのはエウリピデスの『アルケスティス』(前四三八年上演) です。この作品はアテナイのディオニュソス劇場で『クレタの女』(断片)、『プソピスのアルクマイオン』(断片)、『テレポス』(断片) とともに四番目の作品として上演されました。四番目というのは、作者に一日四作割り当てられた上演劇の四番目、すなわち最後の劇として上演されたということです。四番目に上演される劇はサテュロス劇であるのがふつうです。

サテュロス劇とはなにか？　サテュロス――これはギリシア神話に登場する想像上の生きもの、山野の精で、耳、脚、蹄、尾に山羊的な特徴を持つ若者の姿をしています――そのサテュロスが合唱隊として登場する短い笑劇――これがサテュロス劇です (同様のものにシレノスがいますが、こちらは馬的な身体的特徴を持つ壮年です)。

そこではサテュロスたちがしばしば卑猥な言動をし、観客に笑いとくすぐりを提供するのが特徴の一つです。朝早くから不倫や親殺しや子殺しといった人間が犯す重い犯罪をテーマとする劇を三篇も連続して見せつけられれば、観客もいい加減疲れてきます。そこで四番目にサテュロス劇を置いてその疲れを癒し、一種の口直しの役割を担わせた、と考えられます。サテュロス劇にはそういう役割があったようです。

といって全篇これすべて笑いに満ちた、面白おかしい軽演劇、というわけではありません。エウリピデスに『キュクロプス』という唯一現存するサテュロス劇がありますが、それを見てもわかるとおり、そこにはなかなかシリアスな問題が提起されています。ギリシアの伝統的価値観である「知」、「法」が辺境の住人キュクロプスによって揶揄と批判の対象にされている、そういう真面目な一面があるのです。この点は注目に価します。

さてまず劇の長さの問題です。『アルケスティス』は比較的短い劇（全一一六三行）ではありますが、それでも右の『キュクロプス』（全七〇九行）に比べれば長いです。そして何よりもサテュロスが登場しないのです。それゆえサテュロス劇とは言い難いところがあります。

では笑劇であるかどうか？　サテュロス劇は、合唱隊を構成するサテュロスたちのいささか品のない悪ふざけでその務めを果たしています。ではサテュロス劇ではない四番目の劇、この『アルケスティス』ではどのようにして四番目の劇の役割を果たしているのでしょうか？　その点を探ること、さらにはこの『アルケスティス』にも『キュクロプス』のように笑劇的要素以外に何かシリアスな問題意識が盛り込まれているかどうか、それを確かめること、以上の点に注意しながら劇のありようを見てみましょう。

2

まずこの劇はどういう話なのか、その内容を素材となった神話伝承によって見ておきましょう。

ギリシア中部テッサリア地方の町ペライの王アドメトスに死期が迫ります。そこで彼はアポロン神の周旋によって、誰か身代わりに死んでくれるものを見つければ――という条件で、死なずに済む保証を運命の女神たち（モイライ）と取り交わします。まず老父母に身代わりを頼みますが、拒否されます。妻のアルケスティスが身代わりになって死んでくれます。その葬儀の最中に知り合いのヘラクレスが訪ねてきます。アドメトスは妻の死を隠して、手厚くもてなします。あとで事情を知ったヘラクレスはもてなしの返礼に、死神と格闘してアルケスティスを取り戻し、アドメトスのもとに届けます（アポロドロス『ギリシア神話』高津春繁訳、岩波文庫による）。

この話を最初に劇化したのはプリュニコス（前六世紀後半～前五世紀前半）で、『アルケスティス』という題名の劇を書いています。ただそれが悲劇であったのか、サテュロス劇であったのか不明です。次のような極小断片しか残っていないのです。

四肢をふるわせている相手の体を、情容赦なく痛めつける。

（『ギリシア悲劇全集』第十三巻、逸身、戸部訳、岩波書店）

死神との格闘にヘラクレスが勝利したときの描写と推定されます。

アイスキュロスとソポクレスには、この素材を扱った劇はありません。

さて、素材となった伝承の中で注目されるのは、アドメトスがとつぜん死に襲われ、その事が彼の周囲に小さからぬ波紋を巻き起こすことです。

なぜアドメトスに死神が訪れて来たのか、その理由は明らかにされていません。人間であればだれでもいつでも死に襲われる可能性はあります、不治の病でも不慮の事故でも。しかしここではそれが明らかにされていないのです。ただ通常と違うのは、身代わりを見つければ死なずに済むという点です。そのことが、しかし事態を混乱させ錯綜させます。事が死の問題だけではなく、生の問題にも及んでくるからです。そしてそれがアドメトス本人だけでなく、周囲の人間たちにも及んで来て、その赤裸々な姿を容赦なく浮き彫りにするからです。

アドメトスは死ぬことを厭い、運命の女神たちの約束を頼みに身代わりに死んでくれるものを求めて、まず両親に会って頼み込みます。両親はその頼みを拒絶します。これを見て妻のアルケスティスが身代わりを申し出ます。アドメトスは安堵し、喜びます。

ところでアドメトスはなぜ身代わりの死者を求めたのでしょうか？　単に死への恐怖のためでしょうか？　あるいは何か他に生き伸びなければならぬ理由があったのでしょうか？　運命の女神たちは、身代わりの者さえ見つければ、死なずに済むことを約束してくれています。この約束に縋ることが、アドメトスにとって果たして最良の行為であったのかどうか、いや、死を運命として甘受し、従容として死につくことも選択肢の一つとしてあったのではないか。

3

劇は身代わりの死を承知した妻アルケスティスの臨終の場から始まります。

アルケスティスの臨終の様子はまず館内から出て来た侍女の口から告げられ、次いで舞台上に姿を現したアルケスティス、そして夫のアドメトスおよび二人の子供たちによって愁嘆場が演じられます。

侍女はまず「あの方より優れた女性など、どうして存在し得ましょうか。／妻の身で夫の身の上を気遣う心根を示すのに／身代わりの死を望む以上の方法がほかにあるでしょうか」（一五三～一五五行）と、アルケスティスの行為を賞賛します。身代わりの死は犠牲死です。犠牲死の例は他にもあります。

イピゲネイアはアウリスで風待ちをするギリシア軍のために犠牲に供されます（エウリピデス『アウリスのイピゲネイア』）。

ポリュクセネはアキレウスの亡霊を慰藉するために犠牲に供されます（エウリピデス『ヘカベ』）。

この二例の犠牲死にはきちんとした理由があります。ギリシア軍という共同体全体の動向を決定するための、いわば公的な理由です。

古代には、いや、啓蒙の世紀と言われた前五世紀でも、公共の大事には吉事を祈念するために人身御供というかたちで人間を神に犠牲として捧げることが行われました。ペルシア戦争時、サラミスの海戦（前四八〇年）でギリシア軍は戦勝を祈願してペルシア人捕虜を人身御供にしています（プルターク『英雄伝二』河野与一訳、岩波文庫、一〇一～一〇二頁）。

しかしアルケスティスの死には、そうした理由はありません。あくまで愛する夫の身代わりという私的な理由による犠牲死です。もっともアドメトスはペライの王ですから、その身代わりになることは国という共同体の身代わりになることだともいえるわけで、強《し》いて公的な理由付けをすることも不可能ではありません。しかしその点は、アドメトスによってもアルケスティスによっても、一言も言及されていません。侍女ら第三者の受け止め方も、その域を出るものではありません。アルケスティスの死はもっぱら愛する夫を助けるための身代わりの死、いわば私的な犠牲死であると考えてよいのです。

それでいてしかし、死にゆくアルケスティスの最大の関心事は夫アドメトスのことではなく、遺される子供たちの将来です。臨終の場の彼女の言葉は、ほとんどそのことに費やされます。彼女は、「わが母なき身の子等をどうかお護りくださいませ。／男の子には愛しき妻女を、娘には立派な背の君を娶らせてやってくださいませ」（一六五〜一六六行）と、ヘスティア（竈）の女神に祈りを捧げます。妻よりも母としての姿が、ここでは鮮明です。このあと彼女は自らの「処女の純血を失った」思い出の寝床に別れを告げ、使用人たち全員と涙ながらに最後の挨拶をかわします。

夫アドメトスには、ではどう対処したのか？　彼女のほうから言葉をかけることはしません。逆に妻の死を嘆くアドメトスの姿が以下のように描写されています、「（アドメトスさまは）愛しい奥方様を手に抱きしめて泣いておられます。／捨てて行かないでくれと訴えておいでです」（二〇一〜二〇二行）と。死の定めを代わってもらった者に死んでくれるなと哀願するこの矛盾。ここでアドメトスはほとんど道化と化しています。第三者から見ればおかしいが、本人はいたって真面目です。人はよくこういう愚行を演じます。

さらにアドメトスは死にゆくアルケスティスに泣き縋ります、「身を起こしてくれ。ああ不憫な奴、わたしを捨てて行かないでくれ」（二五〇行）と。アルケスティスの目にはすでに冥界の渡し守カロンの姿が見えています。意識が薄れていきます。「冥府はもう間近です。夜のような闇が／ゆっくりと目にかぶさってきます」（二六八～二六九行）。

これを聞いたアドメトスは言います、「神かけてお願いだ、わたしを置いて行かないでくれ、／この子らにもかけてお願いする、なあ、母親の無い子にしようというのか、／起きてくれ、頑張るのだ、／おまえが死ねばわたしも終わりだ。／わたしが生きるも死ぬもおまえ次第なのだ。／おまえの愛ほど尊いものはないと思っているのだからだ」（二七五～二七九行）と。どの口が言うか。本人には悲劇でも第三者には喜劇です。泣けば泣くほど笑われます。悲喜劇の開陳です。

アルケスティスは遺言します。自分の死は夫への愛ゆえであること、これまでは短いながらも幸せな生活であったこと、ただ子供の身代わりにならなかった義理の両親の振る舞いには不満であること、残す子供たちの行く末を案じて夫の再婚は望まぬこと、わが死は夫にも子供にも誇りに思ってもらえると確信していること——こういったことを彼女は言い残します（二八二～三二五行）。

アドメトスは健気な妻の行為に感謝しつつもその死を嘆き、長く喪に服すと述べ、再婚はしないと約束します。

ああ辛い、そなたに取り残されて、わたしはどうしたらよいのだ。（三八〇行）

おお、神よ、どれほどの連れ合いを、あなたはわたしから奪い取るのか。（三八三行）

妻よ、あとに残して行かれるくらいなら、わたしも死ぬしかない。（三八六行）

アルケスティスは瞑目します。

さて、アルケスティスはなぜ死んだのでしょうか？　夫への愛のためだった、と先ずは理解してよいでしょう。夫を生き続けさせるために、その身代わりとなって死んだわけですから。夫の犠牲となって死んだのですから。しかしすでにふれたように、この犠牲死、公的な理由があってのことではありません。そういう風には書かれていません。私的な愛のため、愛する夫に生きてもらうための死です。そうとしか言いようがありません。そしてその死は無駄な死ではありません。世間から賞讃されてしかるべき死です。少なくともアルケスティス自身はそう確信しています（三二三〜三二五行）。公共のためではなくても犠牲死は成り立つのです。アルケスティスの場合、それを愛が可能にしました。それは崇高な死であると、のちに称賛の対象とされました。

さらにはまた殉死であるが、ただ恋をしている者だけがこの覚悟ができるのであって、このことは男子に限らずじつに女子もまた能くするのである。そしてその点に関してはまたペリアスの娘アルケスティスが、このぼく（パイドロス）の主張を支える充分な証しをギリシアの人々に提供している。（プラトン『饗宴』一七九ｂｃ、鈴木照雄訳）

しかしこの愛の死は、殉死という言葉から想像されがちな完全なる無償の愛、無償の死ではない、ということは言っておかねばなりません。アルケスティスは義理の両親の態度を非難したうえに、自分の死の見返りを要求しています、「さあ、今度はそのお返しをどうぞお忘れなく」（二九九行）と。それは残された子供たちのため――加えて自分のためでもありましょう――の再婚禁止要求です。彼女は自らの死の代わりに、この実利と「誉れある死」という世間一般からの評価をも期待しているのです。

一方でこんな例もあります。クセノポンが『アナバシス』で描いた一挿話――他家に嫁がせた娘に害が及ぶのを密かに案じかつ怖れ、執拗な尋問に最後まで無言を通して惨殺された男――そんな父親がいます（平井正穂訳、岩波文庫、一〇五頁）。犠牲死の一例です。が、ここには実利も「誉れある死」という評価願望もありません。まさに無償の愛です。ま、これは措いておきましょう。アルケスティスに戻ります。

それにしてもなぜアルケスティスは身代わりの死を承知したのでしょう？　ここで本篇上演時のアテナイにおける女性の置かれた社会的位置、そして社会全般の通念を考慮してもよいかもしれません。

アリストテレスは、動物に喩《たと》えながらではありますが、女性は男性よりも本質的に劣る存在、そして男性から支配される存在である、としています（『政治学』一三五四b一三〜一四）。一家の家長のために妻女が犠牲となるのはごく当たり前であるとする時代風潮を、本篇執筆と上演の背景に考えても、あながち荒唐無稽とはいえないのではないかもしれません。

それでもしかしアルケスティスは、やはり純粋に夫への愛情から身代わりの死を選択したのです。彼女自身がそう言っている以上（二八二〜二八四行）、信じないわけにはいきません。他人の犠牲になって死ぬことの理由に、公的も私的もないのかもしれません。公的な理念であれ、私的な愛であれ、そこに共通するのはある種の一途さでありましょう。それがアルケスティスにあったということでしょう。一途さも純度が極まれば公も私もないのです。

ではアルケスティスにとっての一途さとはどんなものであったのでしょうか。

4

アルケスティスに死なれたアドメトスは深い落胆の様子を示します。申し分のない良妻賢母を死なせたことが、今さらながら悔やまれます。このアドメトスの落胆、後悔、嘆きの情に、わたしたちは共感を覚えずにはおられません。しかしその一方で一抹の違和感も覚えずにはおられません。彼女の死は彼の身代わりの死という事実があるからです。彼は「おまえが死ねば、わたしも終わりだ」（二七八行）と言います。それならなぜ妻を死なせるのか。またこうも言います、「おお、神よ、どれほどの連れ合いをあなたはわたしから奪い取るのか」（三八三行）と。奪い取るのは神ではない、おまえがそう仕向けたのではないか、と言いたいところです。身代わりの死によって延命の余沢を受けたアドメトスは、アルケスティスの死という現実を甘受し耐え忍ぶしかないはずです。あたかも第三者のように、それを大っぴらに嘆く権利はないのです。それほど妻の命が貴重なものであるならば、身代わりの死を求めなければよかったはずです。しかし彼はそうしたのでした。それほどに尊い妻よりもわが身の命を優先したのでした。

見方を変えればアドメトスの一連の言葉は妻への愛情表明であると解されます。彼の方も妻に負けずに妻を愛していたのです。しかし彼は妻から身代わりの死を申し出られたとき、それを押しとどめ、逆に愛する妻を生かすべく定めの通り自らの死を甘受する事をしませんでした。自分の方が生き残る途を選んだのです。愛の献身度が競い合われるとき、しかもそこに死が介在するとき、勝者は死して英雄となり、敗者は生き残って道化となるのです。生き残ったアドメトスの言辞様態には、道化の影がついてまわります。

それだけではありません。周囲から厳しい非難の声が上がります。「見ろ、生き恥を晒している男だ。死ぬ勇気がなく／臆病風に吹かれて妻を身代わりにし、／死を免れた奴だ。いったいあれが男かね。／自分は死にたくないくせに、親を恨んでいるのだ」（九五五〜九五九行）という噂が立ちます。立つのではないかと、彼自身自覚し懸念しています。アドメトスは妻の身ならず自己の名誉まで失うことになりかねません。

そこまでして死を回避したい、生き延びたい、と願う理由は何でしょうか。本能的な死への恐怖は誰にでもあります。彼にももちろんあったでしょう。しかしそれだけで身代わりの死を妻に押し付けるのであるならば、妻の死を大袈裟に嘆いて見せぬことです。沈黙して自らの怯懦を自らに責めておればよいのです。それとも身代わりの死を妻に押し付けてまで生きねばならぬだけの理由が、他にあるのでしょうか。

妻の口からは、夫への純粋な愛情以外に身代わりになって死ぬだけの理由は語られません。たとえば王としてのアドメトスを生存させる必要があるような緊急の事態が発生して、そのために身代わりの死を選んだというようなことが、言外にでもほのめかされるようなことはないのです。アドメトスの公人としての責任問題は、一切看過されているのです。素材となった伝承にも、そうした問題は影を落としていません。アドメトスを襲った死はあくまで個人としての死なのです。

第四場のペレス対アドメトス親子の論争の場（アゴン）を覗いてみてもそうです。この親子はペライという共同体の前王と現王という公的立場にある二人ですが、現王に降ってわいた死の問題は、一家庭の親子の私的な問題に限定され検討されています。息子に迫った死を、親は身代わりとなって死んでやれるか、という問題です。アドメトスがペレスに身代わりの死を要求するのは、老い先短い親は若い子供の身代わりに死んで当然とするいかにも人間臭い世代論的理由からです。そこではペライという国、共同体の存続をめぐる議論が交わされることはありません。

アドメトスが言います、

それほどの歳をしていて、寿命も尽きかけようというのに、
自分の子供の身代わりに死のうという気持ちもなければ、
度胸もなかったのです。

（六四三〜六四五行）

ペレスが応じます、

おまえだって陽の光を見ていれば嬉しいであろう。父親は嬉しくないというのか?
（六九一行）

そしてこう畳みかけます、

賢いおまえは死なずに済む方法を見つけた。
寄り添う妻をおまえのために死んでくれるように
しょっちゅう説きつけていればよかったのだ。それでいて死ぬのを断った
身内を非難するのか、おのれはずるい真似をしておきながら。
黙ってよく考えろ。おまえにおのれの命が愛しいなら
誰もがそうなのだ。
（六九九〜七〇四行）

むき出しのエゴイズムの応酬です。これには決着はありません。アドメトスは父ペレスに「試練に出会って、あなたの人間性が明らかになりました」（六四〇行）と言いますが、いや、ペレスこそそのまま息子に向けて言いたいセリフでしょう。

こうしてみるとアドメトスが死を回避するのは格別な公的理由のゆえではなく、私的理

由、ただ自分の命を惜しむがゆえのことになります。その彼が身代わりに死んでくれなかった父親を罵倒する一方、身代わりに死んでくれた妻を異様なまでに愛惜するのは滑稽ですらあります。自分の言葉と行動の矛盾に気付かず、その場限りの勝手な自論を得々として述べるアドメトスの姿は、すでに喜劇の領域に入りかけているとさえ言えます。作者エウリピデスは素朴な民話的素材にリアルな視点を持ち込んで、アドメトスという人物の生理解剖をして見せたことになります。

ただ一つ、これはアドメトスへの弁護になるかどうかわかりませんが、付言しておきます。第四場の冒頭、死せるアルケスティスの出棺前に姿を見せたペレスが次のように言います、「彼女の骸はじゅうぶんに敬われてしかるべきだ。／おまえの身代わりに死んだのだからな。なあ、息子よ。／それにわしを子無しの身にすることもなく、またおまえを取られたまま／老いの辛さに身を滅ぼすこともせずに済むようにしてくれた。／そしてすべての女子に彼女はこの上なく誉れある生き方を／模範として見せたのだ。この高貴なる行動を進んでやってみせたのだ。／のう、この男を救い、倒れたわれらを／起こしてくれた女子よ、ご機嫌よう。冥府の館にあっても／つつがなくあれ。このような結婚なら人の役に立つといえる。／でなきゃ結婚などする必要はない」（六一九～六二八行）と。

これは夫への愛情から夫の身代わりになって死に、結果的に一家を救うことになった健気な妻へのオマージュでしょうか。表向きはそうでしょう。しかしここで言われている「健気な妻」とは、夫のため、また家のために進んで死んでくれる妻、つまり家父長制が確立した男性中心社会の構成員ペレスの目から見た「健気な妻」ということです（アルケスティスの死は家の存続のための主婦の責務である、つまりエウリピデスはここであのトゥキュディデスの葬送演説──『歴史』巻二、四五節──で強調されている「婦徳の勧め」の先取りをしているのだ、という説があります）。

彼ペレスにとって結婚とは何よりも家の存続に利するものでなければなりません。妻、嫁はそのための道具である、という認識です。本篇上演当時のアテナイ社会は男性中心の共同体、いわばメンズクラブのごときものでした。ただしこの時代の夫婦関係がすべてこのような、現代から見ればいびつな女性観を反映したものであったとするのは早計でしょう。

もちろん細やかな愛情が通い合うカップルもあったでしょう。それでもいびつな女性観が知らず知らずのうちに男性（夫）の心を犯していた可能性はあります。おそらくアドメトスは、心中にさほどの葛藤もなく、身代わりの死をアルケスティスに頼んだのです。頼まなかったとしても、妻からの申し出を安易に受けてしまったのです。その行為の根底には彼の人間性が横たわっていることは確かですが、同時に時代の社会通念がその行為の後押しをしたということも、おそらくあったのです。作者エウリピデスが本篇において提示したのは「悩まぬアドメトス」でした。この点でアドメトスは悲劇的人物であることをやめたのです。

5

アルケスティスの死で屋敷中が大騒ぎをしている最中に、旧知のヘラクレスがアドメトスを訪ねてきます。トラキア王ディオメデスが飼育している人肉を喰らう馬を奪い取りに行く途中に立ち寄ったのです。アドメトスは妻の死を隠して彼を手厚く接待します。

もし客としてやってきた人間を屋敷から、また町から
追い払ったとしてみなさい。あんたはそれでわたしを誉めてくれるかな。
答えはノーだ。わたしの不幸がいま以上に小さくなることは
決してないのだからな。しかもわたしは不人情な男ということになる。
そしてこれまでの禍に別の禍が加わることになろうよ。
わが家は客に冷たいという噂が広まるだろうね。
この先いつかアルゴスのあの乾いた土地を訪れてごらんよ、
そのときはこちらが申し分ない迎え方をしてもらえるのだぞ。
（五五三～五六〇行）

加えて、「客を追い立てるような／無礼な真似は、わが家の流儀には合わんのだ」（五六六～五六七行）とも言います。

旅の客を家に迎えて温かくもてなすこと（ピロクセニア）は、古代ギリシアでは重要な生活習慣あるいは一個の社会通念として広く認知されていたことでした。ホメロスは漂泊の身のオデュッセウスをして、辺境の地の蛮族キュクロプス相手にこう言わせています、「ところでわれらはこの地にたどり着き、あるいはおぬしから客人としてもてなしてもらえるかも知れぬ、そうでなくともなにか客の受けて然るべき贈物を頂戴できるかも知れぬと、それを頼りにおぬしの膝にすがっているわけだ」（ホメロス『オデュッセイア』第九歌二六六～二六八行、松平千秋訳、岩波文庫）と。ところがこれは蛮族相手には通用しませんでした。逆にオデュッセウスらは洞窟内に閉じ込められ、仲間を食われるという惨憺たる目に遭わされたのでした。

アドメトスはキュクロプスとは違います。客のヘラクレスを、取込み中でありながら、快くもてなしました。彼はピロクセニアの、まさに体現者として描かれています。

ただ一つ問題がありました。客のヘラクレスがとんでもない乱暴な客だったことです。死者を出した家には不似合いの酩酊と放歌高吟で接待する側を大いに悩ませたのです。

ヘラクレスが鯨飲馬食の徒であることは、古来しばしば言及されているところです。神話伝承上の英雄たちの中でヘラクレスだけは、その破天荒な飲食欲のために喜劇的性格を賦与されている存在と言ってもよいのです。飲食はそれ自体が目的となったとき、笑いの対象になります。酪酊したヘラクレスは、アドメトス家の召使相手に彼独特の処生観をぶちます、「盃一杯ぐいとやれば、おまえさん、いまのその／陰々滅々たる思いとおさらばできようぜ。／人間なら人の世のことを考えてしかるべきだ。／しかめ面をしてむつかしいことを考えている連中はみんな／せっかくの人生が人生になっとらん。心配の種になっとるんだ。／これほんとと思ってもらってけっこう」（七九七〜八〇二行）と。

これに似たセリフがあります。こういうのです、「日ごろ飲んで食ってくよくよせぬ──／これが賢者にとって神というものだ。／法律など発明して／人間の生活をややこしくした奴らには／せいぜい泣き面でもかいてもらおうか」（エウリピデス『キュクロプス』（三三六〜三四〇行）

前者は訪問先の振る舞い酒に酪酊したあげくの放言、後者は訪問客から接待を求められて、そういった社会通念が及ばない文化の埒外に住まう者からの皮肉たっぷりな応答です。キュクロプスは法治社会の埒外に居るという意味で異端アウトサイダーです。ヘラクレスは単なる異端アウトサイダーではありません。異端とみえつつ正統派でもある。ただ彼には法（この世の決まり）の制約を受けないところがあります。彼は神の子であり、常人を越える身体能力を備えた英雄豪傑であり、現世と冥界との境界線も時に応じて自在に超えることができます。その意味でアウトサイダー的であると言ってよいのです。ヘラクレスが持つこの脱正当性には、非悲劇的なものに繋がるものがあります。このヘラクレスの存在が本篇をサテュロス劇的風味に仕立てている一因であると言っても過言ではありません。

さて、事の真相を知ったヘラクレスはアルケスティス救出に向かいます、「わしはたったいま身まかった女性アルケスティスを救い出し、／彼女をこの家に再び戻し置き、アドメトスへの借りを／返さねばならんのだからな」（八四〇〜八四二行）。

またこうも言います、「見上げた男だ。それ（妻の死）を隠してまでわしへの気遣いをみせてくれたのだ」（八五七行）と。

つまりヘラクレスは、アドメトスが喪中であったのにそれを隠して自分を歓待してくれたその心意気に感じ入り、それをよしとしてアルケスティスの救出に出向くのです。ピロクセニアへの返礼です。事の真相を知って酩酊から覚醒したヘラクレスは、今度はアドメトスが示した心意気に心地よく酔うのです。単純と嗤うなかれ、これが世にいうピロクセニア、メンズクラブの理想的な交際法なのです。「義理が廃ればこの世は闇」なのです。いまの彼はアウトサイダーではありません。人間社会の取り決めにすっぽりとはまり込んでいます。死神との格闘に勇躍出立するヘラクレスの背には、観客席から万雷の拍手が送られたことでしょう。

入れ違いにアドメトスが野辺送りからもどってきます。妻のいない館を目にして、改めて悲しみを深くします。妻は名誉に包まれてあの世へ旅立った、「ところがわたしのほうは、命なきところをうまくすり抜けたはいいが、／この先ずっと禍多い生をすごすのだ。やっと気が付いた」（九三九〜九四〇行）。この述懐は偽りではないでしょう。行く末を悲観しながら、しかし彼はなお生きようとします。それはなぜか？　国政の長としての責任感のゆえでしょうか。幼い子らのためでしょうか。愛する妻を死なせてまで生を志向する明確な理由が語られないために、反省しても泣いて見せても、その姿にはどこか道化の影が差すのです。

そこへヘラクレスが帰って来ます。婦人と二人連れです。そしてアドメトスに向かって「自分がトラキアの人肉食らいの馬を曳いて戻ってくるまでの間、この女性を預かっていてほしい」と申し入れます。アドメトスは断わりますが、押し問答の末に無理矢理押し付けられてしまいます。

6

ヘラクレスが連れて来た婦人は誰でしょうか？　おわかりでしょう。もちろんアルケスティスです。ヘラクレスが死神に打ち勝って冥界から連れ戻してきたのです。義理堅い彼はメンズクラブの決まりをきちんと果たしたのです。万々歳です。突然やってきた死の恐怖、それに振り回された家族の悲喜劇も大団円となりました。めでたし、めでたしとなるところですが、いや、まだ終わりません。アドメトスは生き返った妻アルケスティスとの再会をまだ喜び合うことができないのです。ヘラクレスが連れて来た婦人はアルケスティスだとわかりましたが、なぜか口が利けずにただ立ち尽くしているばかりです。

アドメトス　この女《ひと》が口も利かずにずっと立っているわけは？

ヘラクレス　君が彼女からの呼びかけを耳にすることは、まだできん。
三日目の朝が来て、地下の神々に捧げられた
彼女の身の浄めが済むまではな。

（一一四三〜一一四六行）

互いに顔を合わせても、あと三日たたなければ言葉は交わせられないのです。夫婦だけではありません。わたしたちにとっても、三日という時間は長い。アルケスティスの声を聞けぬままに劇は終わり、劇場を後にすることになります。これはなかなか意地の悪い終わり方です。三日後の彼女の第一声がどんなものか、いろいろ想像させられるからです。

そもそも当該のアドメトスは、その第一声をどんなものと想定していましょうか。彼は何のわだかまりなく虚心に彼女の声を聞くことができましょうか。そしてこれまでと変わりなく、今後も彼女と幸福に暮らしていけるでしょうか。

劇の末尾でアドメトスは歓喜の情を、こう歌い上げます、「さて市民らに、また周辺の者らすべてにも申しつけよう、／この目出たい出来事に歌舞を立ち上げ、／祈りを込めて焼く犠牲の匂いが祭壇の上に煙るようにせよと。／いまや以前と打って変わった晴れの人生が／開けたのだからな。この身は幸せと、わたしは敢えて言おう」（一一五四～一一五八行）。嬉しさはわかりますが、一方でその無邪気さがわたしたちをとまどわせます。

これ以前、まだアルケスティスが生還してくる前、アドメトスは生の世界に残ったわが身の上を以下のように述懐していました、「『見ろ、生き恥を晒している男だ。死ぬ勇気がなく／臆病風に吹かれて妻を身代わりにし、／死を免れた奴だ。いったいあれが男かね。／自分は死にたくないくせに、親を恨んでいるのだ』／とまあこんな噂がいまの難儀に追い打ちをかけてこよう。／ねえ、皆さん、生きていて何の／得がありましょうか。／悪い評判が立てられ、ひどい仕打ちを受けるこの身には」（九五五～九六一行）と。

アドメトスは自らが置かれた立場、位置をしっかり認識しています。わかってはいるのです――噂はいずれ消滅するだろう、だが「彼が臆病風に吹かれて妻を身代わりにし、死を免れた」という事実はとうてい消えない、と。この意識は彼の心中にずっと残り続けます。そうなればアルケスティスとの夫婦関係も、ことに精神面において、以前とは変わるはずです。形式的には旧に復するけれども、内容の変質は余儀なくさせられるはずです。少なくともアドメトスの側の心理としては。

考えは尽きません――アルケスティスは赦してくれるだろう。そのことについては何も言わないだろう。以前と同じく良妻であり続けるだろう。しかし自分の方は、その心中には蟠《わだかま》るものがあり続けるのではないか。いっそ彼女があのまま死に果てていてくれたらよかったのに。死に果ててくれていたら、世間の悪評と自らの怯懦に忸怩たる思いをただひたすらに耐え忍べば、それでことは済むのだ、と。

しかし彼女が生還した今、彼はその生還した彼女の存在の重さにも耐えて行かねばなりません。奇跡というものは起こされて困惑する場合もあるのです。彼にとって彼女の生還は予定外のことでした。それは、まずは大いなる喜びであり、「晴れの人生が開けた、この身は幸せだ」と手放しで喜びます。その一方で、しかし彼女の生還は、彼にとって苦しみでもあるのです。彼はよろこぶまえに、彼女の沈黙の意味を推し量ることから始めるべきなのです。そして三日後に彼女は何と言って口を切るのか、思案してしかるべきなのです。生還をただ手放しで喜ぶ無邪気な姿は、観客席の男たちの苦笑と失笑の対象となりましょう。

ところで、なぜ劇はアルケスティスを沈黙させたまま幕を下ろすのでしょうか？

はっきりとした理由が一つあります。サテュロス劇は俳優二人制なのです（本篇はサテュロス劇ではありませんが、四番目劇ですからそれに準ずるものと考えられます）。いずれにせよ俳優は二人しか使えないのです。したがって登場人物が三名の場合には誰か一人が「だんまり」にならざるを得ません。冥界から生還してきたアルケスティスは、その制約があって、喋ろうにも喋れなかったのです。アドメトスも観客も読者のわれわれも、「聞きたい、知りたい」という期待感と焦燥感に煽られながら、しかし非情にも作者は幕を下ろしてしまいます。意地悪な、いや巧妙な終幕と言えるでしょう。作者は俳優数の制限をうまく逆手にとって、劇効果を上げたのです。「だんまり」効果抜群と言ってよいでしょう。

まだあります。せっかくですから作者の誘いに乗って「三日後」を想像してみます。以下は、劇場からの帰途に立ち寄った居酒屋で友人の某が得意げに披露した彼流の結末です。

三日目の朝が来た。外はまだ暗い。静かだ。厨房でも物音がしない。今日は祝宴が開かれるはずだが。まだ誰も起きていないのか。いや、いまに賑やかになるだろう。どこかで車輪が地を噛む音がした。起き上がって窓の外を見る。おお、あれは？　館の前の街道を南の方へいっさんに駆け下りて行く一台の馬車が見えた。

男は終生道化です。自分では気づかないだけです。

「死の恐怖」を投入して人の世の営みと人間のありようを活写してみせたもの――それがこの作品です。

5　時節

1

古代ギリシアの神話伝承の中に「テバイ攻め」という一挿話があります。ペロポネソス半島中東部の強国アルゴスの精鋭が長駆北上してコリントス湾の北東に位置するテバイの都を攻めた話です。この話を素材にして、アイスキュロス、ソポクレス、エウリピデスの三大作家がそれぞれ独自に劇を書きました。いわば競作のかたちです。

アイスキュロスは『テバイ攻めの七将』（前四六七年）でこの素材をテバイ側の人間の目で取り上げています。テバイ攻防戦でのテバイ王エテオクレス、敵方アルゴス軍の将ポリュネイケスの死と、二人の妹たちアンティゴネ、イスメネの嘆きと後始末（葬儀）です。しかし劇の後半八六一行以下がテクストの正当性の問題もあって、兄弟の葬儀の実際の模様が判然としません。アンティゴネはなぜ国法に逆らって逆賊ポリュネイケスの埋葬にこだわったのか、テクストを見る限り、アイスキュロスはその理由を明らかにしていません。

ソポクレスの作品はあの『アンティゴネ』(前四四二年)です。アイスキュロスと同じく戦争直後のテバイの状況を描いています。戦死したエテオクレスの後を受けて叔父のクレオンがテバイの支配権を握り、戦後処理に当たります。問題となったのは戦死者の葬儀です。王クレオンは、先の王エテオクレスは祖国防衛に命を捧げた身であることを多として国葬とするが、敵将ポリュネイケスはもとをただせばテバイ王族の出身、自分の甥、またエテオクレスの兄弟である身でありながら、祖国に弓を引いた叛逆者であるゆえに、葬儀は無し、遺体は城外に放置したままとせよ、という法令を発布します。これに対して戦死者二人の妹アンティゴネが反発し、叛逆者ポリュネイケスの埋葬を敢行し、クレオン王の怒りを買って最後には命を落とすことになる——という粗筋です。アンティゴネはなぜ国法に逆らって逆賊の葬儀を行ったのか?

2

一方エウリピデスもこの「テバイ攻め」を素材にして劇『嘆願する女たち』(上演年代不詳。前四二〇年前後か?)を書きました。しかしその内容はアイスキュロス、ソポクレスと対照的にアルゴス側の戦死者の葬儀にまつわるものとなっています。粗筋を見てみましょう。

［粗筋］

テバイ攻めに失敗したアルゴス軍はエレウシス（アテナイ西方の地）まで軍を引き、そこの大地母神デメテルの神域で葬儀を行おうとする。アルゴス王アドラストスも、またテバイの七つ門攻撃で斃れた七人の将の母親たちも息子らの遺体収容を求めるが、敵方のテバイ王クレオンは応じない。アドラストスと母親たちはアテナイ王テセウスに助力を要請するが、断わられる。アテナイ王の母アイトラが、これを見かねて息子のテセウスを動かしてクレオンと交渉させ、遺体引き取りに成功する。葬儀は無事に終わるが、その際七将の一人カパネウスの妻エウアドネが夫の屍を焼く火の中に飛び込み、殉死する姿を見せる。また「デウス・エクス・マーキナー（機械仕掛けの神）」としてて登場したアテナ女神がアルゴス王アドラストスに今後一切アテナイ国を敵視せぬようにと誓わせる。

「テバイ攻め」という同じ素材をソポクレスとエウリピデスという二人の作家が共に取り上げ、結果として競作のかたちになっていますが、作品の内容は違います。どちらも戦死者の葬祭を描くものではあるものの、一はテバイ側の視点、他はアルゴス側の視点で捉えらえていますし、また一はアンティゴネという一人の人物の身内（兄）の死に対する精神的葛藤と自らの信じるままに行動して果てるその姿を描くのに対し、他は戦で息子を失った母親たちの悲しみと哀惜を葬送という行動を通して歌い上げる形になっています。

前四三一年の内戦（ペロポネソス戦争）勃発以前と以後という作品制作年代の差も、両作品の内容に大きな差異を生じさせています。内戦勃発以後、死は市民生活に近いものとなりました。市民は死を身近で日常的な事象として捉えざるを得ず、怖れ始めたのです。ペルシア戦争以来長く続いた平和な時間が終わったのです。

こうしたことに留意しつつエウリピデスの『嘆願する女たち』を見てみましょう。

3

アルゴス王アドラストスは、戦死した部下の将兵の葬儀のためにテバイ側と遺体引き渡しの交渉をしますが、うまくいきません。困ったアドラストスはアテナイ王テセウスに援助を要請します。

① アドラストス　その死んだ者たちの身柄を求めて、わたしはあの城市へ行きました。

テセウス　遺体の埋葬をしたいと、使者の保護神ヘルメスを奉じた上でのことですな。

アドラストス　ところがあの殺し屋どもはこちらの言い分を認めようとはしません。
（一二〇～一二二行）

アドラストスの懇願は続きます。

②
あなた（テセウス）はおそらくこうおっしゃいましょう、なぜおまえは
ペロプスの地（ペロポネソス半島一帯）を差し置いて
この難儀をアテナイに押し付けるのだと。
それはちゃんと説明できます。こうです。
スパルタは粗暴で、またくるくる態度が変わります。
それ以外の国は弱小国ばかり。この難儀を
担っていただけそうなのは、お国だけなのです。
（一八三～一八九行）

しかしテセウスは要請を断ります。彼曰く国民には三種類あるが、

③
国を救うのは三つあるその中間層だ。
国家の定める秩序をきちんと守る。

さてこれでわたしに力を貸してくれとおっしゃるか。
わが国民をどんな風に言いくるめよと。
おとなしく立ち去ってほしい。自分が下した決断が間違っていたのに、
なぜわれらにその結果を押しつけようとなさるのか。（二四四〜二四九行）

援助をあきらめたアドラストスに代わって戦死した七将の母親たちがなおも窮状を訴えます。

④ **母親甲** おお、親しきお方、ギリシア一の有徳のお方よ、そのお鬚にかけて
この哀れな身はあなたのお膝と腕をかき抱きお願いいたします。（二七七〜二七八行）

母親乙、母親丙も続けて哀願します。これを見かねたテセウスの母親アイトラが助け船を出します。

⑤ 吾子よ、怖れることなく申しましょう。
力に驕り、死者たちが葬送と埋葬の儀に
与ることを妨げようとする輩をば、

ぜひともそなたの手で黙らせて、
全ギリシア共通の掟を乱すのをやめさせてもらいたいのです。
〈……〉
人は言いますよ、腕が縮こまっているぞ、
そなたの国に栄誉の冠を戴いてしかるべきときなのに、
それが怖れおののいている、やったことといえば野猪と闘って
ちょっと手古ずったくらいのことだ、
兜と槍の穂先とに対面して、一戦交えねばならぬとなると、
腰抜けであることが知れてしまったと。
ねえ、わが子ともあろう者に、わたくしそんな真似はしてもらいたくありません。
（三〇七〜三二〇行）

母親の巧みな弁舌――煽りと言ってもいい――に乗せられるかたちで、テセウスは翻意し援助を決断します。

⑥ やりましょう。わたしはこれから出かけて行って、死体を解放するよう
説得してみます。それができねば、そのときは武力に訴える

ことになりましょう。それなら神々の妬みは買いますまい。
これを是認することを、わたしは国全体にも求めたい。
わたしが要求すれば認めてもらえようし、さらに事情を明かせば
国びとはいっそう物分かりがよくなってくれよう。

（三四六～三五一行）

ここには前四三一年に始まったギリシア内戦（ペロポネソス戦争）が色濃く影を落としています。

まず内戦の敵方の首魁スパルタ非難の言葉を、アルゴス王アドラストスに言わせています（引用②）。アドラストスは重ねて援助を要請しますが、テセウスは応じません。市民の意向に留意するからです。民主体制にある共同体の市民の意識を、支配者がその一存で変えることは容易ではないからです。前五世紀の後半、アテナイの市民には、民主制政治の意識は十全に行きわたっています、支配者の一存で国論を左右することはできないのだと（引用③）。アルゴスの戦死者の母親たちが親子の情愛をテセウスに訴えて翻意を促しますが、テセウスは動じません。見かねたテセウスの母アイトラが口を出します。

彼女が、葬儀という人間の生活に欠かせない古来からの人間社会の祭事をあたかも否定するかのようなテバイ側の暴挙に反対する一大根拠は、内戦時代だからこそ生まれた全ギリシア共通の取り決めの存在です。アイトラの言葉の中に「全ギリシア共通の掟《ノミマ》」という

言葉があります。これは戦死者葬送礼のことです。アイトラはすでにプロロゴス（前口上）において「神の法《ノミマ・テオーン》」という言葉を用いてその必要性を強調し、それを阻むテバイを非難しています、「ところが戦勝者の側はその邪魔をし、埋葬を／許そうとしません。神の法《ノミマ・テオーン》をないがしろにする振る舞いです」（一八～一九行）と。「全ギリシア共通の掟《ノミマ》」とは「神の《ノミマ・》法《テオーン》」の具体化されたものに他なりません。

「神の法」はソポクレスが『アンティゴネ』で用いた「神の法《テオーン・ノミマ》」（四五四～四五五行）と同じ言葉です。そこでは死者の霊を尊重する精神であったものが、エウリピデスにおいては新たに「全ギリシア共通の掟《ノミマ》」と、時代に合わせて具体化され、法令化され、各共同体市民の共通認識とされているのです。エウリピデスは死者尊厳の精神を個人の心中の問題に限定せず、普遍化して複数の人間に共通の具体的行動指針として提示したのです。

前四二〇年夏にアテナイはアルゴス、エリス、マンティネアと同盟条約を結びます（トゥキュディデス『歴史』五巻四七節）。一種の相互安全保障条約ですが、アイトラの『全ギリシア共通の掟《ノミマ》」という言葉は、そのような背景の下で言われたものと考えればよいと思います。アンティゴネの「神の法《テオーン・ノミマ》」はクレオン王が発布した「人間の法」すなわち埋葬禁止令と対立し、結果として悲劇を呼ぶことになりましたが、アイトラの「神の法《ノミマ・テオーン》」は「全ギリシア共通の掟《ノミマ》」となって戦死者の葬送と慰霊の場に供されることになったのです。クレオンの出る幕はありませんでした。

時は内戦中です、死は身近にあります。創作とその受容という精神活動、また観劇という日常行動も時代と不即不離であり、それは常に時代風潮を着実に反映します。世が世であればアンティゴネは死なずに済んだし、クレオンも我を通すこともなかったのです。

4

劇の後半、七将の遺体が火葬に付されます。その時七将の一人カパネウスの妻女エウアドネが姿を見せます。夫の屍を焼く火の中に飛び込んで、夫と行を共にしようというわけです。いわば一種の殉死です。早くから娘の様子をいぶかっていた父イピスが後を追ってきて、娘を止めようとします。

エウアドネ　これからわたくしは栄えある勝利者となるのです。
イピス　どんな勝利を得るのだと？　その口から聞かせてもらいたい。
エウアドネ　天が下のすべての女性に優る勝利を。
イピス　アテナ女神の御技（機織り技術）によってか、それとも心ばえの良さによってか。
エウアドネ　人の道《アレテー》によってです。夫のあとを追い、死んで寄り添います。
（一〇五九～一〇六二行）

内戦（ペロポネソス戦争）勃発直後（前四三一年冬）になされた国家アテナイの指導者ペリクレスの葬送演説に以下の一節があります。

この度、夫を失うことになった人々に、婦徳《アレテー》について私から言うべきことはただ一つ、これにすべてのすすめを託したい。女たるの本性に悖《もと》らぬことが最大のほまれ、褒（アレテー）貶（プソゴス）いずれの噂をも男の口にされぬことを己れの誇りとするがよい。

（トゥキュディデス『戦史（＝歴史）』二巻四五節、久保正彰訳、岩波文庫）

エウアドネの行為が褒貶《ほうへん》のいずれに当たるかわかりません。エウアドネはこれが夫に死なれた妻の取るべき途アレテーと思ったのです。ということは、ひょっとするとこれは作者エウリピデスの思いでもあったわけです。いや、本意であったか否かは別にしても、内戦時に斃れた市民とその屍を迎える市民の思いがここに綴られている、と言えるでしょう。作者よりも時代がそう言わせているということです。

いずれにせよエウアドネの殉死はペリクレスの提言に応じる一つの解答例であると見ることができます。ただトゥキュディデスは「褒貶のいずれも男の口にのぼらせるな」と言っています。決して殉死を奨励しているわけではないのです。それは認識しておくべきです。観客は彼女の死を賛美の目で見上げたかもしれませんが。

5

本篇にも「デウス・エクス・マーキナー（機械仕掛けの神）」という劇作技法が使われています。劇末（一一五三行）に登場したアテナ女神は次のように言います。まずテセウスに向かい「火葬にした七将の遺骨をやすやすとアルゴスへ持ち帰らせるな」と言い、アドラストス王から以下のような誓約を取れと忠告します。誓いの内容はこうです。

アルゴスびとは以後一切この国へ
敵として兵を送り込まぬこと、また他国がこの国に対して動いたときは
これを武力で阻止すること。
（一一九一～一一九三行）

また七将の子供たちには次のように言います。

そなたらが成長した暁にはイスメノスの流れの都（テバイ）をば攻め落とし、

死んだ父親の仇討ちをするように、（一二一四〜一二二五行）

筆者はこれまで「デウス・エクス・マーキナー（機械仕掛けの神）」は素材となった神話伝承の世界へ戻るパスポート、その特急券（のようなもの）と言ってきました。それはそうなのですが、しかしいまこのアテナ女神の言葉を聞くと、特急券の行き先はあたかも現実の世界であるかのように思えてきます。過去の神話伝承世界と言いながら、そこは前四二〇年前後の実世界ではないか、いやそれと変わらぬ場ではないかと思えてきます。アルゴスを警戒せよ、と説くアテナは前四二〇年前後のアテナイの政治、軍事、外交の担当者その者ではなかったかと。それほどの臨場感あふれる物言いであると。この場合の「デウス・エクス・マーキナー（機械仕掛けの神）」は現実界から神話伝承世界へ橋渡しをするパスポートではなくて、作者が書斎で密かに漏らした生の声ではないか、と思われもします。

6　そのあとさき

1

ギリシア悲劇にはおぞましい死を扱った作品がけっこう沢山あります。中でも有名なのはアガメムノン一家に連続して起きた夫殺し、母殺し、でしょう。これをアイスキュロス、ソポクレス、エウリピデスの三大作家がこぞって取り上げています。しかもそれがそろって現存しているのです。もちろん劇の内容は三人三様に異なります。競作しながら、いや、それだからこそわれこそは、と強く自己主張しています。

話はミュケナイのアガメムノン一家にまつわる凄惨な殺害事件です。アガメムノンとは、トロイア戦争でギリシア軍の総大将を務めたアルゴス王家の当主です。妻はクリュタイメストラ、娘が三人いて、長幼の順にイピゲネイア、エレクトラ、クリュソテミス、そして息子オレステスという家族です。

アイスキュロスはこの一家の惨劇を三部作形式で――『アガメムノン』『供養する女たち』『慈しみの女神たち』――劇化しました。前四五八年のことです。

アガメムノンはトロイアでの十年戦争を勝ち抜いてアルゴスへ凱旋しますが、その日のうちに妻クリュタイメストラとその愛人アイギストトスの手によって殺害されます。これが第一の事件です。アイスキュロスがその三部作の第一作『アガメムノン』で描いているのがこの妻の夫殺しです。

次いでクリュタイメストラとアイギストトスが殺されます。父親の死の復讐として娘エレクトラと息子オレステスが立ち上がったのです。これが第二の殺害事件で、三部作の第二作『供養する女たち』で扱われます。

最後の第三作『慈しみの女神たち』は、劇の場をアテナイの法廷に移して、母親クリュタイメストラ殺しの罪に悩むオレステスを裁く裁判劇です。

アガメムノン一家にまつわる殺害事件が、暗殺、報復、裁判の三つの場面に連続して描かれ、三部作形式の一大絵巻に仕上がっています。その意図するところは何でしょうか？端的に言えば、アテナイ等のペルシア戦争（前四八〇年）以後の共同体を運営する力として、古来の伝統的な力の正義に代わる法の正義の確立を称揚するもの、と言ってよいでしょう。

この三部作は『オレステイア（オレステス物語）』と総称されます。そしてこの作品『オレステイア』は、二人の後輩作家にとって悲劇創作の場における模範的な先行作品であると同時に、また批判と改良の対象となるものでもあったのです。

2

ソポクレスもこの惨劇を素材にして『エレクトラ』という劇を書き上げました（上演年代不詳。前四一三年？）。先輩アイスキュロスに遅れることほぼ四五年後です。しかも扱ったのは惨劇の二番目、エレクトラ、オレステス姉弟の母親殺し（とアイギストス殺し）、すなわち復讐の部分だけです。惨劇発端の夫殺し、最終の法廷での裁判は扱っていません。

エレクトラはなぜ母親を殺すのか？　先輩アイスキュロスと同様に素材とした伝承にそうあるからでしょうか？　単に復讐譚だからでしょうか？　端的に言えば人間らしく生きるため、と言ってよいでしょう。父親に対する尊崇のゆえであり、母親に対する軽蔑のゆえであると言ってもよいでしょう。エレクトラが以下のように言うところがあります。

わたしは、これからの人生、もう館には住まないつもり。
いいえ、この門の外で
ただ一人わが人生の時を消化していくだけ。
言っておくわ、それが鬱陶しいというなら誰でもいい、

館の人間が殺しに来ればいい。それで結構、
　生きていれば辛いだけ、生きたいって気持ちはさらさらない。
（八一七〜八二二行）

使いの者から弟オレステスの死亡の報告（偽情報）を聞いて喜ぶ母クリュタイメストラの姿を目にした直後です。強い落胆の情とともに今後の孤独な人生への覚悟を表明するものと言えましょう。弱くて強いエレクトラ像が提示されています。館との訣別を表明するエレクトラは、ここで具体的にも精神的にも王宮内でただ一人孤立する存在になります。

彼女が母親を殺すのは尊敬する父親の復讐のためです。と同時にそこには自堕落な母親とわが身の人間としての精神的優位を際立たせようとする意識があります。それはまた「あんな人（母）とはもう同じ世界に住まない、住みたくない」という意思表示でもあったのです。

しかし……その高尚な、優位な精神性を誇るエレクトラが、なぜ母を殺すのか？　殺せるのか？　それは父の復讐のためなのか？　それほど復讐は大事なのか？　復讐は死を伴わなければだめなのか？　高邁な生き方と母殺しは併存するものなのか？　疑問が湧いてきます。

3

エウリピデスも『エレクトラ』を書きました。ソポクレスと同じ前四一三年ころです。両作品の先後は不明です。その内容は、エレクトラ、オレステス姉弟の母殺し、すなわち父アガメムノンの復讐譚である点は一致しています。発端の暗殺（夫殺し）と最後の裁判劇がない点も同様です。

この二つの『エレクトラ』は、先輩アイスキュロスが描いた三連作の惨劇を後輩の二人が引き継いで、約半世紀後に、第二作目の母親殺害の部分だけを『エレクトラ』と題して競作したかたちになっています。両者の『エレクトラ』は、題名は同じですし、筋書きも同じ「母親殺し」ですが、両者まったく同じわけではありません。違いがあります。どう違うのでしょうか？　エウリピデスの『エレクトラ』を見てみましょう。

問題は、ソポクレスと同様に、エレクトラはなぜ母を殺したか？　ということです。エウリピデスは劇の場を、思い切って王宮から遠く離れた地方の百姓家に変えました。ヒロインのエレクトラをそこの農夫の妻という設定にし、その彼女が亡命の地から帰国してきた弟オレステスと力を合わせて母を殺し、父アガメムノンの仇討をするというかたちにしました。これは荒療治というべき改変です。

ここで問題となってくるのは、アポロン神に象徴される古い氏族社会を司る「力の正義」の存在です。他者に奪われた支配権、財産は力で奪い返すべし、それは正義である、という考えです。オレステスはこの考えを幼少のころから注ぎ込まれ、アポロン神の言うがままに父の仇討に精進するのです。

「力の正義」とは何か？　少し詳しく見てみましょう。アガメムノン王の支配権と王家の財産は継嗣オレステスに引き継がれるのが普通です。そこへアイギストスという他家の者と妻クリュタイメストラという異常分子が介在して引継ぎが乱れました。継嗣オレステス（とエレクトラ）は異分子を取り除くべく行動します。「力の正義」の行使です。しかしここで親子（母親と長男）という血縁関係がかかわってきます。父アガメムノンの支配権と財産を取り戻そうとすれば、オレステスはそれを奪った母親（とアイギストス）を打倒（殺害）せねばなりません。エレクトラ、オレステスが現支配者である母クリュタイメストラ（とアイギストス）を殺すのは「覇権継承説」からすれば正当なことです。しかしそこに血縁が絡みますから「母殺し」という問題が出来します。殺す側は悩むわけです、復讐という大義の遂行のためなら尊属殺人もやむなしと認めるのかと。

アイスキュロスは法の論理を導入して母親を殺したオレステスを無罪放免としました。オレステスは世間的には、社会的には、赦されました。しかしオレステスは、自分の心中に蟠《わだかま》る罪の意識――きっとあったはずなのですが――には触れていません。

ソポクレスは復讐を成功させ、姉弟に王国の支配権と財産を取り戻させましたが、尊属殺人の是非という人倫的問題の追及は放棄しています。つまりあのエレクトラが、高邁な精神を生の拠り所とする人間が、母殺しという蛮行を心中でどのように処理したのか、それは父の復讐のためということで許されるものなのか、それでよいのか。聞きたいと思うわれわれの目の前で、作者はぴしゃりと劇の幕を下ろしました。エレクトラは何も言わずに姿を消したのです。

ではエウリピデスはどうでしょうか?

4

繰り返しますが、エウリピデスも一家の惨劇を『エレクトラ』という題名で劇化しました。父親の復讐をして王家の支配権と財産とを取り戻す話ですから、本来は継嗣オレステスが主人公であるべきです。しかし本篇ではエレクトラが劇の主人公です。彼女が母親と対峙し、論争し、最後にこれを殺すという設定になっています。題名の拠ってくる所以です。その点ではソポクレスと共通するところが多い劇ですが、一方が対峙する二人、エレクトラと母クリュタイメストラとの精神性の濃淡の描写に注力するかにみえているのに対し、他方は二人の対立をより具体的な、貧富の差という日常的な問題に特化している点、母と娘の対立にいわゆる経済的視点を導入している点が目立ちます。まず母娘二人には王宮住まいの支配者と百姓の女房という身分差があります。それを具体的に示すのが両者の衣服です。
エレクトラが言います。

まず、そら、わたしがどんな身なりをしているか、
そしてどれほどの汚物に押しつぶされているか、
王宮にいたのは昔のこと、いまはどんな家に住んでいるか――
いまでは、わたしは自分で機を織って働いて着物を作る身の上、
そうしないと裸のままでいなければなりません。

（三〇四～三〇八行）

久しぶりに会った母親クリュタイメストラもこう言います。

ところで、おまえのそのなりはどうしたの。お産の床を離れたばかりだといっても、
身体も洗わず、着ているものもひどいじゃないの。
ああ、わたしは何てことを考えたんだろう。
夫に対して、必要以上に腹を立てすぎたんだわ。

（一一〇七～一一一〇行）

一方アルゴスの女支配者クリュタイメストラはこう描写されています。

ところがわたしの母親はといえば、プリュギア（＝トロイア）から略奪してきた品物の
　山に囲まれて
玉座にすわっています。そしてその脇には、攻略したアジアの地から
お父さまが奴隷にと連れてきた女どもが、
イダの里の衣裳を黄金のブローチで留めて控えているのです。　（三一四〜三一七行）

またエレクトラは茅屋に訪ねてきたクリュタイメストラに、こうも言っています。

ひどい家だけど、さあどうぞ。でもお気をつけ遊ばせよ、
家の中は煤だらけですからお召し物を汚さないようにね。　（一一三九〜一一四〇行）

中には短剣を身に帯びたオレステスが待ち構えています。最前に仕留めたアイギストスの骸も転がっています。復讐の総仕上げです。

いましがた雄牛を屠ったばかりだ。おまえも奴の傍らに打ち倒されることになるのだ。
そしてあの世でも、この世で連れ添っていた男と夫婦の契りを結ぶことになるのだ。
これこそわたしからおまえにあげる結構な贈物、
そしてわたしのほうはお父さまの仇を討たせていただくわ。　（一一四三～一一四六行）

こうした日常生活面でのいがみ合いはアガメムノンの遺産の取り合いに端を発していま す。

娘が母親に言います。

あなたは夫を殺した時、どうして父祖伝来の館をわたしたちの手に引き渡してくれなかったのです。　（一〇八八行）

エレクトラの母親殺しの根底には、亡父アガメムノンへの復讐意識とともに、遺産の相続争いという一面があったのです。支配権は財産が伴わなければ空証文に過ぎません。豊かな財産がついてこそ有用であり、獲得への意志が掻き立てられるのです。母殺しという復讐に経済的要因を考えようというのは新しい知見です。

しかしそうはいってもエレクトラは伝来の「力の正義」の継承から、復讐の連鎖から、逃れることはできません。たしかに貧富の差は相手への妬み怨みを、己への劣等意識を、助長します。しかし実際問題として、果たしてそれは相手への殺害意識にまで強まるものでしょうか。経済格差だけに母殺しの理由を求めるのは無理です。母殺しの理由を素材の主筋の復讐から日常生活上の貧富の差へ取り換えるには、やはり無理があります。貧富の差は劇中でいくら強調されても自然ですが、それを母殺しの主因とするのは無理だということです。

革新的思考は思考として、それを復讐を主筋とする素材の中で展開するには些か無理があったということです。

5

ではなぜエウリピデスはこの劇を書こうとしたのか？　アガメムノン一家の惨劇を、その二幕目の母親殺しを。しかもそこに素材とは併存しそうにない日常性をけっこう強く書き込もうとしたのか。

エウリピデスは「デウス・エクス・マーキナー（機械仕掛けの神）」という劇作技法を多用した人です。劇の最後に神を登場させ、劇中の事件を解決させて、幕を閉じるというものので、本篇でもディオスコロイ（ゼウスの息子たちの意味）が登場してきます。神の介入によって劇の動きが止まり、結末となります。

復讐は成功しました。アイギストスとクリュタイメストラの骸が転がっています。しかしオレステスとエレクトラは快哉を叫ぶことはしません。挙げるのは母殺しを悔いる嘆きの声です。劇の進行を止めた神ディオスコロイは止めたことに伴う責任として、その後の展開と決着とを提示します。オレステスはこのあとアテナイへ赴き、そこで母親殺害の裁判を受け、無罪放免の判決を受けるであろうこと、エレクトラはピュラデス（オレステスの亡命に同行した友人）と結婚して彼の故国ポキスに暮らすこと――です。いずれも平穏な生活が保障されています。泣き嘆く二人への慰藉でしょうか。

この手法は素材となった神話伝承の世界へ戻るための特急券であり、パスポートであるのです。しかしそのパスポートを使わず、神話伝承に帰らず、むしろそこに定められていたアガメムノン一家の惨劇、復讐譚――そこに如実に姿を見せる「力の正義」の継承を捨てて、新たに作者の時代に即した日常生活をめぐる争いをさらに強める――ひょっとしたらそうなるのではないかと、そうわれわれは思っていたのですが、どうやらそれは幻想でした。しかし幻想もよし。精一杯夢を追えと、作者はこの手法を使いながら言っているのです。

本篇では、エレクトラは父親の霊に背き切れず、「力の正義」の継承に身を委ねました。しかし日常の諸問題を経済的視点で捉えて提起した母親との抗争はたいへん興味深いものです。それだけでも意味がありました。ただその革新的視点を古い復讐譚を素材にして表示しようとしたところに無理があったのでしょう。新機軸は古い素材に呑み込まれてしまったのです。

「デウス・エクス・マーキナー」投入によるこうした劇の終わり方は、観客それぞれに劇の成り行きやら結果やらを任せることになってしまいます。表明されているオレステスの無罪放免とエレクトラの幸せな結婚生活に安心して祝意を表するもよし、です。エレクトラは、母親殺しの実行はアポロン神の意向を受けたオレステスに専ら任せ、「力の正義」の継承路線から早々に抜けて、いまのまま百姓の女房として新しい生活に踏み出す――そんな姿を想定してもよいのです。いや、たとえ殺害にまで至らずとも、貧者の怨みをネタに母親と果てしない論争を続けてもよいのです。劇の最後に神が割って入る「デウス・エクス・マーキナー（機械仕掛けの神）」という劇作技法は神の調停の後先に二様の展開を持つもので、観客はそのいずれかを選択して自らの手で結末を仕上げたらよいのです。そういう融通無碍な手法なのです。

思うにソポクレス流のあのやり方、エレクトラに何も言わせぬために迷わず幕を閉じてしまうやり方は、復讐することの意味よりもただ復讐することだけにこだわったもので、独善的とはいえ却って気持ちのいいものです。さっと話を切り上げたところなどは粋ですらあります。一方「機械仕掛けの神」の方は、話の残りがまだあるのかないのか、なんだか中途半端で、曖昧ですらあるけれども、その前後の成り行きを観客の想像力に委ねるところがむしろ高等戦術的であると言えそうです。

老婆心ながら最後にひと言。母親殺害後にエレクトラ、オレステス姉弟が唄う嘆き節は、こんなことになってはならぬという二人からの伝言、つまりは素材となった伝承への作者からの異議申し立て——言うもせんないことながら——と考えてもよいのではないでしょうか。

7　家族の肖像

1

ここに取り上げる作品はエウリピデスの悲劇『フェニキアの女たち』（上演年代不詳。前四一〇年前後か）です。素材となったのは「テバイ攻め」という伝承です。本書の第八章の「クレオン」もこの伝承を素材としていますが、ここではクレオンという男の話だけに限定せず、より広範に作品全体の意味するところまでを考察の対象にしたいと思います。

端的にいえば、これは家族の物語です。ある一族の没落と離散の物語です。テバイをめぐる攻防戦を背景に、ある一族の面々が悲劇的相貌を見せながら登場し、そして退場していく物語です。

テバイはフェニキア人のカドモスという男が建設した町であり、家族とはカドモスを始祖とする一族のことです。そしてこの話の時点ではカドモスの血を引く王族の末裔オイディプスとその一族の面々です。

オイディプスの悲惨な生涯はソポクレスの『オイディプス王』によって明らかにされ、広く世に知らされました。

エウリピデスは、ソポクレスのようにオイディプスとその父母、妻との異常な関係と、そこに展開する人間悲劇の様相に目を向けることよりも、自分と妻や子供たちとの「いま」の具体的また日常的な動向の描写に専ら筆を割いています。イオカステは凄惨な事件後もなお生きており、オイディプスは目は潰したものの、まだ放浪の旅には出ていません。しかし王位はすでに退いており、一族の担い手は息子達の世代に移っています。

そこへ南方の強国アルゴスが来襲し町を包囲するという事態が生じます。息子の一人ポリュネイケスが国を出てアルゴスに赴き、そこの軍勢を借りて祖国を攻めたのです。テバイをいま治めているのは兄のエテオクレス。テバイの支配権をめぐる以前からの兄弟間の軋轢が、いまや互いに軍勢をぶつけ合う事態までになっているのです。人生に疲れ時代に遅れたオイディプスには、もはや息子二人の対立に容喙《ようかい》する力はありません。ただ二人に呪いの言葉を吐きつけるだけです。代わって乗り出すのは二人の子供の母親イオカステです。

イオカステは二人の兄弟の母親です。二人の兄弟の父親は誰か？　オイディプスです。オイディプスは二人の父親であり、また兄弟でもあります。なぜか？　イオカステはライオスに嫁いでオイディプスを生み、そのあとオイディプスに嫁いでエテオクレス、ポリュネイケスを生んだのです。異常な人間関係です。ソポクレスはこの異常な人間関係に注視して『オイディプス王』を書きました。ソポクレスはさておき、このエウリピデスの作品においてイオカステは自分の立ち位置をどのように認識しているか、それを彼女自身の口から聞いてみましょう。

2

この劇のプロロゴス（劇の冒頭部分、いわゆるプロローグ）は、イオカステが語ります。それは彼女の自己紹介であり、劇の状況説明であり、現状報告でもあります。話はテバイ王家の来歴から始まります。さわりはオイディプスの父親殺しと母子相姦です。それをイオカステは淡々と語ります。

一方わが夫ライオスも
捨て児にした子供が死んだかどうか
知りたく思って出掛けて行き、ポキスの二股に分かれる
ちょうどそのところで、二人はばったり出会ったのです。
（三五〜三八行）

息子が父親を殺し、馬車を奪って育ての親
ポリュボスに贈りました。
（四四～四五行）

わたくしとの結婚が母親との近親婚だと知ってから
オイディプスはすべての受難を耐え忍んだのち、
おぞましくもわれとわが眼に向けて潰れよとばかり
黄金の留め針を突き刺して瞳を血まみれにしました。
息子たちが成人して頬が鬚で黒くなったとき
彼らは父親を部屋に閉じ込めました。なまじっかな手段では
消えそうにない父親の人生行路を風化させるために。
あの人は館の中に生きています。こうした身の成り行きに心狂い、
わが子らに向けて罪深い呪いをかけています、
二人は研ぎすました鉄の刃でこの家財産を切り分けるがよいと。
（五九～六八行）

オイディプスも以前父親ライオスに疎まれて殺されかけました。王位と財産を奪う者として警戒されたのです。そのオイディプスがいま、新世代の息子らについてゆけない老人

のひがみから息子らに呪いをかけています。一族の支配権と財産は常に争いの種なのです。二人の兄弟は父親の呪いのとおりテバイの支配権と財産をめぐって争い、今や武力衝突に至るまでになっています。

先行のソポクレスが一篇の作品でもって描いた物語を、粗筋だけはそのままにエウリピデスは踏襲していますが、それは作品の冒頭部分プロロゴスの内だけにとどめていて、以後の部分では先輩とは違う話を展開させています。

イオカステの退場（八七行）後、舞台はガラリと変わって城市の望楼上にアンティゴネが守役に伴われて姿を見せます。二人は押し寄せたアルゴス軍の陣営の様子や兵士たちの配置を望楼上から観察します。目についた将たちをアンティゴネが指差すごとに守役がその名を教えていきます、あたかもわれわれ観衆や読者に向かって登場人物を紹介するかのようなおもむきです。

合唱隊が登場してきます。パロドスという劇部分です。合唱隊はフェニキアから来た乙女たちで構成されています。いまにも戦端が開かれようとするその臨場感を告げます。

アンティゴネは言うまでもなくイオカステの娘です。二人は血縁として非常に近い関係にあります。二人の登場時間は近接していますから一見互いに連絡しているかに見えますが、登場する場が異なります。そこに連携性はありません。母と娘は没交渉です。親近性はありません。

3

次に登場してくるのはアルゴス軍の将官の一人ポリュネイケスです。場所はテバイの城内です。母親イオカステに懇願されてこっそり忍び込んできたのです。

とにかくわたしは母を信じた、そして同時に信じてもいない、
母はわたしを休戦条約を結ぶためにここへ来るようにと説得したのだ。
（二七二～二七三行）

彼をイオカステが迎えます。

おお、これは息子よ、そなたの顔を見るのは
久しぶり、もういつからのことかわからぬくらいです。
（三〇四～三〇五行）

ああ、わが子よ、
そなたは父の家を捨てて空にした、

実の兄に虐げられ国を追い出される羽目となって。
身内の者からも残念がられ、
テバイの国からも惜しまれたのに。
（三一七〜三二一行）

母親の心は複雑です。息子は可愛いが、今や敵として祖国を攻める姿は認め難い。国を出てアルゴスの王室に婿入りしたことも、「この母の身にとっても、／またご先祖のライオスにとっても／百害ある異国との縁組です」。（三四一〜三四三行）

ポリュネイケスが応えます。わたしは

四方を警戒しながらやってきました。わたしが頼りとするものは一つ。
休戦条約とあなたの保証です。わたしを祖国の城壁内に入れたのは
それだったのです。
（三六四〜三六六行）

かつては王族の一人であった身が国を捨てざるを得なくなった現在の身の上を述懐します、「母上、親しい身内のあいだの憎しみは何と恐ろしいものでしょう。／そして和解することの難しさ」（三七四〜三七五行）。なかなか冷静で客観的な分析です。さらに言葉を継

いで父オイディプスや家族の消息をたずねます。

ところで、年老いた父上は館内で何をなさっているのでしょう？
闇を見つめながら。また二人の妹たちはどうしています？
たぶんわたしの亡命を悲しみ嘆いてくれていましょうが。

（三七六〜三七八行）

しかしここでイオカステは自分とオイディプスとのおぞましく悲哀に満ちた過去、それについてのおのれの感慨を物語ることはしません。ライオスとの結婚、オイディプスの誕生、そのあとのオイディプスとの結婚――「でもいまさらそれを言ったって――神々の定めたことは受けて耐えるしかないのです」（三八二行）と、一言の運命論で片付けてしまいます。

そして以下、ポリュネイケスの現状を気遣うことに費やします、「祖国から疎外されるということはどうです、大きな不幸ですか？」（三八八行）と。自分も息子も「いま」が問題なのです。「いま」が語られるのです。

二人の対話は息子の現状報告になってしまいます。亡命生活の辛さを語る息子に「人には祖国こそが一番のようだねえ」（四〇六行）としおらしく応答しますが、また世の母親と寸分変わらぬきわめて日常的視点から「結婚して幸せですか、それとも不幸せ？」と問いかけます。

こうした言葉に心しおれたのか、ポリュネイケスも母親の膝に縋る幼子のようにこう言います、「さあ、今回のこの騒動の解決はあなたに掛かっています、／母上、同族の身内の者を和解させて／あなたとわたしと国全体の苦悩をお終いにしてください。／古い昔の言い草ですが、かまわん、言いましょう。／人間にとって金銭（タ・クレーマタ）はこの上なく価値のあるもので、／また人間世界の中で最大の力をもつものでもあると。／わたしがここへ数多の槍を率いて来たのも／それがゆえ。生まれがよい人間でも貧乏すれば何の取り柄もありません」（四三五〜四四二行）と。

亡命者、国を失った者の窮状がことさらに強調されていますが、これは経済的視点、生活者の視点の導入と言ってよいでしょう。亡命者の悲哀は「胸の問題」であると同時に、いやそれ以上に「腹の問題」でもあるのです。エウリピデスがソポクレスと違うのは、この点の指摘ができることです。観念より事物の重視です。ポリュネイケスは国を失ってはじめてそれがわかったのです。

それはともかく、二人は血縁（母親と息子）であると同時に敵同士でもある、つまり近くて遠い仲なのです。

4

エテオクレスが登場します。母親イオカステの願いを容れてポリュネイケスとの会談の場に姿を見せたのです。かくして母親と二人の息子が一つの場所に顔を揃えます。母親の意向は兄弟に不和の解消と融和を促すことにありますが、そうはうまく事態は進みません。

エテオクレスは獲得した自らの地位、諸権利を手放そうとはしません。

最初ポリュネイケスが口を切り、テバイの支配は兄弟二人が互いに交代して担当する約束だった、今度はわたしの番だと主張しますが、エテオクレスはいま手中にしている権力に固執し、譲位を頑なに否定します。

わたしは星々の許や太陽が上る天上へ、また地の下へでも
行ってもよろしい、ただ一つのことが可能となるならば、
すなわち神々のうち最大の神、王権さえ獲得できるならばです。
これは価値のあるものです。それを、母上、自分のために使わず
他人に渡すなんてことは、わたしはするつもりはありません。（五〇四〜五〇八行）

主権はわが手にあるのに、どうしてこ奴に従わねばならん？（五二〇行）

わが王権はけっしてこ奴には渡しませぬからな。
人間どうしても不正を働かねばならぬとあれば、
王権のためにこそそうするのが最善。（五二三〜五二五行）

母親イオカステがエテオクレスをたしなめます。

吾子よ、そなたはなぜ野望という、神々の内で最悪の神を
追い求めるのです。おやめなさい。それは不正な神です。（五三一〜五三二行）

そなたもわが家の財産を公平に分け合ってはどうですか。
こちらにも分かち与えては？　正義はどうなるのです？（五四七〜五四八行）

エテオクレスが言います。

母上、もう問答無用です。時間を費やすだけ無駄です。
熱意だけではどうにもならないのです。

王杖を握っているこのわたしがこの地の王であるという
前提条件以外では、われら、歩み寄りはできぬでしょうからな。
長ったらしいお説教はもうけっこう、わたしのことはご放念ください。
おまえも城内から出て行け。さもないと命が危ないぞ。
（五八八〜五九三行）

ポリュネイケスが言います。

いま一度わたしは王杖と国土の分け前を要求する。
（六〇一行）

エテオクレスが返します。

それは呑めない。わたしはわが館に住み続ける。
（六〇二行）

会談は決裂します。息子たち二人の和解を策した母親の周旋は功を奏しませんでした。
ポリュネイケスが母親に別れを告げます。

ポリュネイケス　母上、ではご機嫌よろしゅう。

イオカステ　吾子よ、お別れなのですね。
ポリュネイケス　もうこれからはあなたの子ではありません。
イオカステ　この身には哀れなことが多すぎる。
ポリュネイケス　この男がわたしを虐げるからです。
エテオクレス　こいつが驕った真似をするからです。
（六一八〜六二〇行）

母親と兄弟二人、それぞれが別れていきます。これは国家＝共同体の支配権の争いであることはもちろんですが、同時にここにはオイディプス一家の家督争いという側面が色濃く映し出されています。家のことだからこそ母親が口を出すのです。そして家督争いは宰領だけの争いではありません。財産の取り合いでもあるのです。熾烈にならざるを得ません。

5

クレオンが登場してきます。イオカステの弟であり、二人の兄弟の叔父にあたる男です。老い衰えたオイディプスに代わって一族の大黒柱役を務める男です。いずれ戦後のテバイの王として国の復興に力を振るうことになります。

しかしそれは措いておきましょう。いまはまだ戦中です。戦勝を祈るクレオンは盲目の予言者テイレシアスに託宣を求めます。テイレシアスは、テバイのいまの禍はすべてオイディプス誕生に端を発する病害であると言い、戦勝のためにはクレオンの息子メノイケウスの生贄が必要であると進言します。

そなたは祖国のためにこのメノイケウスを殺さねばならぬ。
おのれの息子をだ。それがそなた自らが呼び出した運勢だ。
（九一三〜九一四行）

驚いたクレオンは次のように反応します。

クレオン　聞いていなかった、聞かなかったぞ。祖国などどうとでもなれ。
テイレシアス　この男はもうこれまでの人間ではない。尻込みをしている。
クレオン　お行きくださってけっこうです。もうあなたの予言は要りません。
テイレシアス　自分が不幸になれば真実には眼をつぶるというのか？
クレオン　ああ、あなた、この膝、この神々しいお髪《ぐし》にかけてお願いする。
テイレシアス　どうされた、わたしに縋りついたりして。手に追えぬ禍だが、甘受されよ。

クレオン　黙れ、このことは市《まち》には言わないでくれ。（九一九〜九二五行）

一つの共同体を代表する公人が私情に溺れた悲しくもいとおしい姿です。このあと彼は息子のメノイケウスに「この国から逃げろ」と言い、息子は承諾するふりをして父親を安心させたうえで、生贄を受け入れる、という風に話は進みますが――後の詳細は本書第八章の論考「クレオン」に任せましょう。

予言の術を商売道具にしているかに見えるテイレシアス、国事よりも私的感情を優先させるクレオン、そしていかにも型にはまったお仕着せの英雄といった感のあるメノイケウスが観客の前を通り過ぎてゆきます。テイレシアスを除けば、カドモスの裔の一族の肖像であり、その紹介です。ここで強調されているのは平俗性です。メノイケウスの愛国心と廉恥心、そして若者らしい潔癖な正義感はそこに至る経緯が書き込まれていないために、却って薄っぺらい作り物のように見えます。

公共のために生贄となることを進んで引き受ける者の心情を描いたものとしては、同じエウリピデスに『アウリスのイピゲネイア』のイピゲネイア、また若干事情が異なりますが、『ヘカベ』におけるポリュクセネの例がありますが、それらと比較してみるとメノイケウスの場合は観客への説得性という点で欠けるところが大きいように思えます。安っぽいヒロイズムとしてしか映らないでしょう。
ここにも別れがあります。父親に「逃げろ」と言われて息子が選んだその先は、黄泉の国でした。永久の別れです。

6

戦場からの使者がやってきます。彼は七つあるテバイの城門各所での激しい戦闘を詳しく報告します。

今日のところは、われわれは何とか
この国の城塔の崩壊は持ちこたえました。
今後もこの国が幸運に恵まれるかどうか、それは神さま次第でしょう。
（一一九六〜一一九八行）

これを聞いたイオカステは大過ない戦局に安心しつつも二人の息子の動向を案じてこう言います。

神々のご意向も巡り合わせも、よい方に向かっています。
わたくしの子供たちも生きているし、国も窮地を脱しましたから。
だがどうやらクレオンは、可哀そうなことにわたしの結婚の、
またオイディプスの禍のとばっちりを受けたよう、
子供を奪られ、祖国にはことはうまく運んだものの、
個人的には辛いこととなった。さあもう一度話に戻っておくれ。
わが二人の子らはこの事態にどう対処しようとしているのか。（一二〇二〜一二〇八行）

言いよどむ使者を攻めて言わせてみると、

あなたのお子たちは、おおこの上なく恥ずべき大それた行為だ、
全軍とは別に一騎討ちをしようと決められたのです。
お二人はアルゴス軍とカドモスの裔の民を前にして、
言わでもがなの言葉を公言なさったのです。（一二一九〜一二二二行）

これを聞いたイオカステは娘のアンティゴネを連れて現場へ駆けつけます。
が、一足遅かった——息子二人は相討ちとなって共に斃れていました。もう一人使者が

駆けて来てその場の様子を知らせます。
まだわずかに息があったポリュネイケスの最後の言葉です。

母上、わたしたちは死にます。哀れなのはあなたと
そこの妹、そして骸となった兄者。
身内が敵《かたき》になった、でも身内は身内です。
母上、それにおまえ妹よ、このわたしを祖国の土に
埋めてください。

（一四四四〜一四四八行）

使者が言葉を継ぎます。

母上さまは、この不幸を眼にするや
強い衝撃を受けられたまま屍から剣を奪い取り、
恐ろしいことを実行なされた、頸の真ん中に
刃を突き通されたのです。そして愛しいお子たちの間に、
二人に腕を投げ掛けるかたちで死んで横たわりました。

（一四五五〜一四五九行）

現場から戻って来たアンティゴネが嘆きの声を上げます。

どのような歌を、
いえ、どのような調べの嘆きを
涙に、涙に添えて、おお館よ、館よ、
わたしはおらび上げようか、
この三体の同族の者の遺体を、
母親とその子らの遺体を、エリニュスの喜びの種を携えて来たわたしは。
そのエリニュスがオイディプスの家をすっかり滅ぼしてしまった、

（一四九八〜一五〇四行）

エリニュスとは復讐の女神です。一家の没落は復讐神のせいだというのです。一族の者たちはそれぞれ復讐神を呼び出すような行為をしてきたのです。そうアンティゴネは解釈するのです。いずれにせよ兄弟の決闘をやめさせようとする母と娘の共同作業は空しく終わり、アンティゴネは一人取り残されます。母親は息子たちとともに冥界へ行ってしまいました。

7

遅れていたオイディプスが登場してきます。これで一族全員が揃いました。

オイディプスが三体の屍を前にしてアンティゴネに尋ねます、「三つの命はどんな定めを受けて／この世を去ったのだ。娘よ、教えてくれ」（一五五四行）と。アンティゴネが応えます、「あなたの復讐を望むお心が／剣に重くのしかかり、／また火となり禍深い闘いとなってお子たちを襲ったのです、／ああ、お父さま、何ということでしょう」（一五五六～一五五九行）と。また彼女は「何もかも今日一日に集め、／わが家の痛手となるようにしたのは、／お父さま、これは神さまの仕業にほかなりません」とも言います。彼女が一族の禍の原因として挙げるのはオイディオプスの復讐心と神の意向です。

そこへクレオンがあらわれて、オイディプスにテバイからの追放を言い渡します。

わたしはあなたがこれ以上この土地に住むことを禁ずる。
それはテイレシアスがはっきりと言ったからだ、
あなたがこの地に住むとこの国のためによろしくないと。
さあ、出て行ってくれ。こう言うのは何も思い上がってのことではない、
また敵意があってのことでもない。あなたの復讐心の強さゆえに

この国が何か禍を蒙るのではないかと恐れるからだ。（一五八九〜一五九四行）

オイディプスは嘆息して応えます。

ああ運命よ、よくもまあおまえはそもそもの初めからこのわたしを惨めで哀れな身に
生んでくれたことよ、（一五九五〜一五九六行）

そして自分の過去を振り返りながら、その人生をこう総括します。

不幸な星の下に生まれたこのわたしは実の父親を殺め、
哀れ極まりない母親の寝床へ入り込み、
わが兄弟となる子供らを生んだ。そして彼らをわたしは殺した。
ライオスから受け継いだ呪いをその子らにかけて。
だがいくら何でもわたしは、どなたか神の指図なしに
わが眼とわが子らの生命に手を加えたりするほど、
愚かな人間ではない。
まあそれはよい。だが凶運に見舞われたこのわたしはいったいどうすればよいのだ？

誰がこの盲目の男の道案内をして、一緒に歩いてくれるというのだ？
（一六〇八〜一六一六行）

わが人生は凶運の人生であったと。
アンティゴネがとどめを刺します

幸せだったころの昔話はおよしなさい。
あなたを待っていたのはこの惨めな重荷です。
祖国から逃亡する身となって、
お父さま、いずこかで死ぬ定めです。
（一七三三〜一七三六行）

オイディプスが言います。

おお、世に名高き祖国の民らよ、見るがよい。これなるがオイディプスだ。
かつては世に著《しる》き謎を解いた偉大なる男、
ただ一人血に穢れたスピンクスの力を制御した男だった。
それがいま名誉を奪われ、哀れな姿でこの地を追われてゆく。

なぜ、なぜ、これを泣くのか、なぜ無駄を承知で嘆くのか。
神々の課す必然は、人の身はこれを耐え忍んで当然なのだ。（一七五八〜一七六三行）

これがオイディプスの人生最後の総括です。
劇が終わります。

オイディプスとアンティゴネが祖国を追われ、放浪の旅に出ます。一族の者で残るのはクレオンただ一人です。一家離散です。これまでに見てきたオイディプス一家の様相は、離散前の最後に集まった一族の面々の「顔見世」であり「集合写真」であったのです。

8

一般に劇場の観客は舞台上に「連続して展開する光景」を見ます。しかしいわゆるパノラマを見ているわけではありません。彼らが見る「連続して展開する光景」は、その間に因果関係が構築されていて、連続的であると同時に重層的に展開するものですが、パノラマは各場面の展開が重層的ではなく並列的であるからです。
ところが右に見た本篇はこのパノラマ的な要素が濃いように思われます。そこには因果的発展性を保証する統一的なテーマが不分明です。たとえば同様に（いや、本篇以上に）パノラマ的要素が濃いと考えられる作品、エウリピデスの『トロイアの女たち』と比較してみるとそれがわかります。『トロイアの女たち』は本篇とおなじく合唱隊からその題名が取られています。そしてその合唱隊の面前で劇の各場面が一見パノラマ的に展開されます。舞台は敗戦後のトロイアです。捕虜となったトロイアの女たち、カッサンドラやアンドロマケがギリシア行の船に乗り込む前に各自の惨状を縷々述べます。ただしかし各場面には老王妃ヘカベが付き添っていて、彼女らの嘆きを聞きとめる役割を果たしています。ですから彼女を劇の統一的テーマを担う象徴的存在とみなしてよいのです。

ではその統一的テーマは何でしょうか。それは勝者ギリシア軍の驕りに対する敗者側からの「告発」です。カッサンドラやアンドロマケらが登場する各場面はその告発状の証拠資料だと言ってよいのです。劇は一見各場面の羅列と見えて、その内部に「告発」という劇を一貫する重いメッセージを秘めているのです。この点で本篇と異なるのです。

人物造形の点でもエウリピデスはソポクレスと大きく違います。たとえばオイディプス像を見てみましょう。ソポクレスが示したオイディプスは少なくとも自らの意志で放浪の旅に出ようとする不羈独立の人間像と言ってよいでしょう。それに対して本篇のオイディプスは、息子たちに虐げられて館内に幽閉され続ける屈辱的な姿であり、またその措置を怨み息子たちに呪いをかけるという老醜そのままの姿です。平俗です。ただあるのはすべてを受け入れようとする諦念です。目を潰して罪の償いをする姿を見せたのも束の間、旅に出る出発の時期を逸しました。思うにこれは一族の没落の時にあわせた「顔見世」に登場させるための措置でした。カドモスの裔の一族が祖国テバイ存亡の時に揃って顔を見せるために、時の前後でその人間像の間に生じる不自然さや不整合性は承知の上で、作者はその全員を劇中に配置したのです。それが本篇の劇を成立せしめる様々な場面となったのです。

本篇につけられたヒュポテシス（古伝梗概＝古代の学者研究者の手になる作品案内）の一つにこうあります。

この劇は舞台の見栄えという点では優れているが、過剰に過ぎるところがある。城壁の上から（城外を）眺めるアンティゴネは劇の構成要素たり得ていないし、ポリュネイケスが休戦して姿を見せるのも無意味である。何よりもオイディプスがおしゃべりっぽい歌とともに追放されて行く姿はまったく必然性がない。

右の「過剰に過ぎるところ」というのはパラプレーローマティコスという語で「追加、補充、間に合わせ、場塞ぎの」などの意味です。あとに続くアンティゴネの場以下の場を指すと思われます。しかしこれは冒頭の「見栄え」の要素の列挙であって、「無意味」でも「必然性がない」わけではありません。全体を統一するテーマが明確にされていれば、それに対して「無意味」であったり「必然性がない」と言えたりするでしょうが、今見た通りわたしたちはそうしたテーマを見つけられませんでした。この古伝梗概の筆者もそれを明示していません。本篇はさまざまな人物と場面を、その間の不整合を承知の上で、満載した「見栄え」のよい劇なのです。まさにパノラマ劇といってよいものです。

ちょっと付け加えます。

ソポクレスもエウリピデスも、オイディプス（父）とアンティゴネ（娘）が手に手を取って祖国を出て行くところで劇を終えています。国を出る要因として、ソポクレスはオイディプスの数奇な人生行路とそれによる精神的疲労、衰弱を考えました。そしてオイディプスは自らの意志で旅に出るのです。彼は彼なりに自分の人生にケリをつけようとしたのです。

エウリピデスでは、オイディプスはクレオンに追いだされて国を出ます。オイディプスは長く国に居過ぎました。もっと早く出るべきでしたが、一家離散の場、一族最後の場に顔を出すために居残されていたにすぎません。邪魔者のように追い出されるのは惨めです。人間は誰しも、そして常に、崇高ではありません、ありえません。「惨め」も「屈辱」も、長い人生では伴侶になることがあるのです。尾羽打ち枯らし老醜を晒すのも一つの終わり方です。最後の集合写真に付き合わされた上に追い出されるというのも因果なことですが、いつの世にもままあることです。

8　クレオン

1

昔男ありけり――いや、本朝のことではありません。ずっと昔の、ずっと遠い国の話です。古代ギリシアです。クレオンという名の男がいました。姪のアンティゴネと仲違いして死に至らしめた男と言えば、思い当たるでしょうか。目の潰れたあの無様なオイディプスをテバイの町から追い出した男です。そのオイディプスの介添え役として放浪の旅の道案内役となったのが、娘のアンティゴネでした。前者は、ソポクレスが『アンティゴネ』（前四四二年上演）で取り上げていますし、後者も同じくソポクレスが『オイディプス王』（上演年代不詳）で取り上げています。

クレオンはこの両作品に登場し、主役ではありませんが、それなりに重要な役柄を演じています。『アンティゴネ』では、テバイ攻防戦後のテバイの町の後始末と復興の任に当たる国主として登場しますが、その指導方針に従わぬアンティゴネと敵対し、彼女を死に追いやる役を演じます。祖国を攻めた叛逆者ポリュネイケスの葬儀をめぐる意見の対立から生じた抜き差しならぬ争いは、彼をもまた悲劇的な状況に追い込むことになります。『オイディプス王』での彼の役柄は、贖罪の思いからわが目を潰したオイディプスをテバイの町から放浪の旅へと追いやる男の役です。テバイを守る立場にあるクレオンにとっては当然の措置でした。冷酷にみえてもやらざるを得なかったのです。

いずれもなかなかの大役です。ことに『アンティゴネ』の場合は「神の法」を掲げて反逆者の埋葬を強行しようとするアンティゴネに対して、共同体テバイを代表する人間として「国法＝人間の法」を掲げ、断固弾圧に徹します。「神の法」を遵守《じゅんしゅ》する立場から国法に逆らって兄の埋葬を強行したアンティゴネは、死して人間の尊厳を誇示しました。そのアンティゴネに対して国法の施行を強行したクレオンは、勝者か？

アンティゴネを死に追いやったクレオンは妻と子から手酷い報復を受けます。彼に背いて死を選んだ妻と子を前に、彼は深い悲しみに沈みます。彼は敗者か？

いずれにしても特徴的なのは、共同体の首長として遵法《じゅんぽう》精神に忠実な国法の執行者の姿です。

2

エウリピデスもクレオンを描きました。そのクレオンをここで取り上げるのは、彼には右に述べたクレオンとは一味違う側面があるからです。その、いわばエウリピデス流のクレオン像は『フェニキアの女たち』（上演年代不詳。前四一〇年前後か？）で見ることができます。それは何か？　まずは劇の粗筋を見ておきましょう。

［粗筋］

テバイの町を震撼させたオイディプスの事件（父親殺害と母親との結婚）直後、テバイは新たな禍に見舞われる。アルゴス軍の襲来である。オイディプスの二人の息子エテオクレスとポリュネイケスのテバイ覇権争いに端を発したものだった。祖国を出てアルゴス軍に身を投じたポリュネイケスが祖国奪取を狙って起こした戦だった。

オイディプスには二人を裁く力はない。母親のイオカステが二人の中に入って事態の収拾を図ろうとするがうまくゆかず、息子らは一騎打ちで決着をつけようとし、相討ちで共に斃れる。イオカステも後を追って自死する。

首脳陣の一人クレオンは防戦一方の中で、予言者テイレシアスから戦いに勝利するにはクレオンの息子メノイケウスの死（生贄）が必要だと告げられる。驚いたクレオンは国防軍の首脳でありながら私情に負けて、メノイケウスに国外逃亡を勧める。メノイケウスはその勧めを受け入れるふりをしながら、城壁の上から飛び下りて命を絶つ。

テバイは防衛戦に辛うじて勝利するが、犠牲は大きい。エテオクレス王、その母イオカステ、メノイケウスの死、敵将ながらエテオクレスの兄弟ポリュネイケスも戦死する。そして終戦後兄弟二人の父親オイディプスは、介添えのアンティゴネともども、クレオンに追われるようにして放浪の旅に出る。

注目すべきは、予言者テイレシアスの託宣に反してメノイケウスに国外逃亡を勧めたクレオンの振る舞いです。

ギリシア悲劇には共同体にとって転機となるような大事が起きたとき、予言者が登場して人身御供を託宣する場面がいくつかあります。その好例を上げましょう。エウリピデスの『アウリスのイピゲネイア』（前四〇五年上演）です。

トロイア戦争勃発時の話です。ギリシアの軍兵がアウリスの港に集結しましたが、風が吹かず、トロイアへ向けて出港できません。予言者カルカスの言うことには、順風を得るには総大将アガメムノンの娘イピゲネイアをアルテミス女神の生贄にすべしと（八九～九一行）。

アガメムノンは公私の板挟みに悩みながら、公を優先して娘を生贄にします。古来共同体の責任者が事を決する場合には孤独にして厳しい決断力が求められるということです。母親のクリュタイメストラはもちろん反対します。彼女は夫アガメムノンに対してこう言います、「どうかお願いです、わたくしをあなたの悪妻にさせないでください、／ご自身悪い夫にならないでください」（一一八三〜一一八四行）と。この言葉通り二人は悪い夫、悪い妻になります。一〇年後、妻は娘の復讐に夫を惨殺しましたから。

クリュタイメストラは続けてこうも言っています、「よろしい、あなたは子供を生贄になさる、その時どんな願い事をするのです？／子供を殺してどのような吉事をおのれに祈るというのです？」（一一八五〜一一八六行）。

生贄は強行されます。一〇年後故国アルゴスへ凱旋したアガメムノンは妻クリュタイメストラの手で惨殺されます。一〇年前の生贄の復讐を受けたのです。

それはともかく、生贄＝人身御供が為される場合、周囲の肉親の誰かが助命嘆願に立つのが普通です。しかし却下され、生贄は実施されるのが常です。もう一つの例としてトロイアの王女ポリュクセネの生贄が挙げられますが、これも母親へカベの懇願も空しく実施されてしまいます。生贄は残酷であり、不合理であるとして、たいていその身内から反対の声、助命嘆願の声が上がるものの、実施されてしまうのが恒例です。

ひとこと付言しておきますと、生贄という行為は作品の中だけのものではありません。現実の世界でも実際に行われるものだったのです。前五世紀初頭のペルシア戦争中でもサラミスの海戦時（前四八〇年）にギリシア軍がペルシア人捕虜を生贄にした例がありました。啓蒙の世紀と言われる前五世紀においても蛮行が、それもギリシア人によって、実際に行われていたのです。

その生贄のすこし変わった例があります。エウリピデスが本篇『フェニキアの女たち』（前四一〇年前後?）で書いているものです。以下それをお話ししましょう。

3

話の主役はクレオンです。先ほど粗筋紹介で触れていたあのクレオンです。テバイの防衛に腐心しているクレオンが予言者テイレシアスに戦勝の見込みを訊ねます。それに応えてテイレシアスはこう進言します。

テイレシアス　それならばわが予言の道筋を聞くがよい。
［汝らそれを実行すればカドモスの裔の国を救うことになるのを。］
そなた（クレオン）は祖国のためにこのメノイケウスを殺さねばならぬ、
おのれの息子をだ、それがそなた自らが呼び出した運勢だ。

クレオン　何と言われる?　いったい何を言い出すんだ、老人よ?（九一一〜九一五行）

〈……〉

クレオン　聞いていなかった、聞かなかったぞ。祖国などどうとでもなれ。（九一九行）

クレオンはいまテバイの国の要職にある男です。王はエテオクレスですが、王亡き後はその地位を継ごうかという人物です。そもそも彼はエテオクレスの母イオカステの弟で、エテオクレスの叔父という王族の男です。祖国テバイが危機に瀕している今、救国のためなら何をさておいても粉骨砕身努力すべき立場にある男です。そのようなとき国家の長たる人間は誰しもしばしば予言者の言に縋って国家の取るべき道を決めようとしました。その場合、予言者の託宣は絶対的な力を持っていました。予言者の口を出た言葉に逆らうことは、誰もできなかったのです。ほら、あのアガメムノンでさえアウリスの港でギリシア船団をトロイアへ向かわせるために愛娘を生贄にしました。

ところがいまクレオンは予言者の予言に逆らって、息子を生贄にせず逃がそうとします、祖国が存続するか否かの危機のさなかにあるというのに、「祖国などどうとでもなれ　カイレトー　ポリス」（九一九行）と。国家よりも、自分の祖国よりも、息子のほうを選んだのです。息子に向かってはこう言います。

誰が何と言おうとかまわぬ。わたしの言うことは明白だ。

わたしは息子を殺して国に捧げるなどと、
事をそこまで運ぶつもりは毛頭ない。
人間誰しも愛しい子供がいてこその人生だ。
おのれの子をすすんで殺そうとする者は誰一人いまい。
わが子を殺されて、それで誉めてもらうなど、ごめんだ。
だがこの身なら、いま人生の盛りの時にあるが、
国を救うために死ぬ覚悟はある。
息子よ、さあ、国中の皆にこのことが知られる前に、
占師の勝手な予言などに頓着せず、
逃げるがよい、できるだけ早くこの土地を出るのだ。

（九六二～九七二行）

激戦中の国の中枢に坐る者の言葉とはとても思えぬ言葉です。公私双方の立場を勘案し迷いに迷うという、そんな気配は毫もありません。公を捨て私に走っています。この点ではアウリスの港のアガメムノンに遥かに劣ります。ただ一点救いとなりそうなところがうかがえないわけでもありません。息子の代わりに自分が生贄になってもよいと言っているところです。

しかしテイレシアスがいうには、この生贄はかつてカドモスがテバイ建国の折に殺した

龍に捧げるもので、流す血は未婚の若者の純血でなければならぬとして、あくまでメノイケウスの生贄を主張します。ポリュクセネの生贄（エウリピデス『ヘカベ』）のときも、母親ヘカベの身代わりは、土俗宗教的な意味はないにしても、認められませんでした。クレオンが息子に逃亡を勧めたのはテイレシアスのこの言葉を聞いてからのことです。

さて結果はどうなったでしょうか？

息子メノイケウスは父親クレオンの逃亡勧告を聞くと、それを聞き入れて、いや、聞き入れるふりをして、「路銀の用意を頼みます」と言って父親を安心させ、その顔を立てるふりをして、しかしいま国中の若者たちが命を懸けて戦っているときに自分だけ生きる途は取れないと、予言通りの死（生贄）を選びます。

さあ、わたしは行く、防壁の天辺に立って、
この身に刃を突き立て、あの龍の小暗い棲家への犠牲になる。
予言者がそこだと指定した場所だ。
それでわたしはこの国を救うのだ。以上がわたしの決意だ。　（一〇〇九～一〇一二行）

健気な言葉です。死にゆく者はすべてそうです。アウリスでのイピゲネイアも健気な言葉を述べています。

わたくしはこの身をギリシアに捧げます。
生贄にして、トロイアを攻略してください。これでわたくしは末永く
記憶されましょう。それこそわが子、わが結婚に代わるもの、わが誉れです。
ギリシア人は異国の輩を支配して当然、でもお母さま、異国の輩が
ギリシア人を支配することはなりません。彼らは奴隷、わたくしたちは自由人ですから。

（一三九七〜一四〇一行）

見事な愛国者ぶりです。立派な愛国少女の誕生です。弱冠十五、六歳の少女の国家観、政治意識とはとても思えません。

それに比べるとクレオンの意識は国家枢要の地位にある人物に似合わぬ低劣さだと言わざるを得ないでしょう。言っていることは私情を捨てきれぬ弱音です。しかし、だからこそ逆にそこには強さがあります。取り繕うところがない本音の持つ強さです。必死になるしかない弱い人間の開き直りが持つ強さです。誰もが持つ肉親への情愛を恥ずかしげもなく見せる厚かましさです。「何なら自分が身代わりになる」というのが、わずかに見せた恥の感覚であり、見栄の切れ端です。可憐ではありませんか。そこにわたしたちは感情移入できるのです。クレオンと一緒になってメノイケウスに言うのです、「いいから逃

げろ！　お題目なんか聞きたくねぇ！」と。横を向いて舌打ちします、「親の心子知らずめ！」と。

4

作者がメノイケウスを「立派に」死なせたのは時（前四一〇年前後）の政局と関係があるのでしょうか？　弱冠十五、六歳のイピゲネイアにたいそうな愛国論を語らせたのも？　シチリア島のシラクサ沖での海軍の惨敗は前四一三年のことです。内戦に敗れて白旗を上げたのは前四〇四年でした。名門出身の俊才アルキビアデスは迷走中でした。

クレオンの動揺を知る者はテイレシアスだけ（おそらく）です。メノイケウスの自死がけっきょくは親父の瑕疵を糊塗することになりました。メノイケウスの死に救われたクレオンは息子の死に舌打ちしながら、いや、その悲しみに心中のどこかで耐えながらテバイの町の戦後処理に当たったはずです。息子の死のことなどおくびにも出さず、前王エテオクレスの葬儀を行い（おそらくは姉イオカステの野辺送りも）、そしてまだ国内に居残っていたオイディプスを国外追放に処したのです。

オイディプスをはじめ一族の者は皆それぞれに問題を抱えていました。戦争がありました。戦争がまたそれぞれの問題を明るみに出しました。それらすべてにクレオンはそれなりに関わりを持ち、それなりに何とかケリをつけました。有能であったと言えるかもしれません。もし彼がいなければ、すべてがばらけて収拾がつかなくなっていたでしょうから。

彼はしかし、他の者たちが起こした問題の収拾だけに腐心したわけではありません。自分の問題も抱えていたのです。それが息子メノイケウスの生贄でした。それをしかし、彼はまだ充分に総括していません。忙しさにかまけて振り返ってみることもしていないのです。残念です。きっと彼なりの感慨があるはずなのですが――息子に「逃げろ」と言ったあたりのことです――意識してのことかどうか、それをまだ明らかにしてもらっていません。息子の死をどう思ったか、も。残念です。

オイディプスに国外追放を告げる際、一緒に出ていくアンティゴネに向かってクレオンはこう言います、「おまえは気高い心のつもりでいようが、愚劣（モーリア）もいいところだ」（一六八〇行）と。クレオンが見せる動揺は、私情もあるでしょうが、けっきょくは現実主義者としての言動のせいだろうと思えます。

9　出船

1

今回取り扱う作品はエウリピデスの『アウリスのイピゲネイア』（前四〇五年上演）という作品です。これはエウリピデスの名のもとに伝わっていますが、成立過程でエウリピデス以外の他の人間の手がかなりの程度加わっていると想定されています。上演年は前四〇五年とされますが、エウリピデス本人はその前年に世を去っていますので、上演は本人ではなく子供（あるいは甥）の手によってなされたであろうと想定されています。

また作品が作者エウリピデスの手で生前にすでに完成されていたかどうかという点でも、疑問が呈されています。作者の死によって未完のままに残されたものに誰か他人が手を入れた可能性があるとされています。実はそれが現在に至るまで作品のテクスト校訂上の主要な問題となっているのです。

整理してみましょう。まず第一にプロロゴス（劇の導入部）の異様な様態です。現存するシナリオはアガメムノンと老召使との対話（アナペスト短短長の韻律）で始まっています。これはエウリピデスの現存する他の作品にはまず見られない珍しい形式です。

ふつうエウリピデスの作品のプロロゴスは、神もしくはその劇の登場人物の一人が独白の形式で、一定の長さ（概ね一〇〇行前後）で物語の過去、現在の状況と、神の場合はそれに合わせて未来の展望をも述べるかたちになっています。ここから、そうした形式をとらないこのプロロゴスは果たしてエウリピデスの手になるものかどうかという疑問が、まず生じます。

ところが四九行に至ってアガメムノンの独白（イアンボス短長の韻律）が始まり、それが一一四行まで続きます。ヘレネの出生、結婚、不倫と出奔、その奪還のためのトロイア遠征、アウリスでの風待ち、カルカスの予言、イピゲネイアの招喚まで話が進み、物語のあらましを発端から現在まで通観するかたちになっています。一見してこれこそエウリピデスの従来のプロロゴスのかたちに叶うものであるといえます。マリー校訂のＯＣＴ（オクスフォード・クラシカル・テクスト）旧版の『アウリスのイピゲネイア』ではプロロゴス内の配列を変更して四九〜一一四行を一〜四八行に先行させ、冒頭に配しています（その改訂版である最新のディグル校訂の版では元に戻されて行数の順番に配列されています）。

パロドス（合唱隊入場歌の部分）以下の全般にわたっても、各部分でエウリピデス以外の人間の手になる付加、削除等の改竄の可能性が指摘されます。またエクソドス（劇の終末部分）もその真正さが疑われています。

本篇は問題含みのテクスト（シナリオ）ということになりますが、しかしここではテクスト校訂の問題には関わりません。校訂上さまざまな問題を含むことは承知の上で、最新のディグル校訂によるOCT版を底本にして作品解釈を進めます。

2

本篇の素材はトロイア戦争にまつわる伝承です。トロイアへ渡るためアウリスの港に集結したギリシアの軍船がいかにして出港までに漕ぎつけるか、その諸事情を描くものです。その場合、じっさいにあったはずの人物、事実をいかにして素材の中に埋め込み、物語化するか、逆に言えば素材をいかに劇化するか、が問題となります。いや、むしろ素材と作品との距離の遠近を計りつつ作者の意図をいかに素材の中に落とし込むか、です。その奮闘ぶりをこれから見てみましょう。

三人の男が登場します。三人ともに惑乱の極にあります。

まずアガメムノンです。彼はトロイア遠征軍の総大将として全軍の指揮を任されています。しかしその重責の故か、決断力は鈍りがちです。公称十万の兵をトロイアへ渡すことすら大仕事ですが、指揮監督をする執行本部の存在は端から無きが如く一切触れられていません。アガメムノン一人にすべてを任されたかたちになっています。いや、一体ぜんたい十万の兵が敵地で十年間、統一された指揮系統なしに、戦闘行動その他もろもろを実行し得るものでしょうか。複数の指揮官から成る戦争実行機関が必要であるはずですが、それが示されていません。出征の是非ついての慎重論、いや反対論もあったはずですが――かつてオデュッセウスが狂気を装って出征を拒否したとの挿話もあります――出港前夜のアウリスにも反戦論者はいたはずで、それがアガメムノンの「心中の動揺」というかたちで表現されているのです。主戦派と反戦派のあいだで侃々諤々の評定があったはずですが、その実体を描く代わりに、アガメムノンの「心中の動揺」でそれを象徴的に描いたわけです。以下に触れる二通の手紙は、まさに両派の論争の存在を象徴的に表示するものにほかなりません。ええ、アガメムノンは手紙を二通書くのです。

アウリスで風待ちするギリシア軍に、予言者カルカスがアルテミス女神にイピゲネイアを人身御供として捧げよ、それなしには出港は叶うまいと告知します。ほら、このカルカスこそ反対派の象徴的存在です。ギリシア軍総大将のアガメムノンは悩みに悩んだあげく愛娘イピゲネイアの人身御供を決意し、国許のアルゴスへ手紙を送ってイピゲネイアを呼び寄せようとします。これが第一の手紙です。

しかしおのれの野心のために実の娘を犠牲にするとは、いかにも胴慾《どうよく》です、実の親子であるだけに。さすがに思い直して「来るにおよばず」との第二の手紙をしたため、忠実な老召使に託します。

この二通の手紙に象徴されるアガメムノンの揺れる心を活写するのがプロロゴスの場です。底本通りに読めば、劇はアガメムノンの老召使に対する呼びかけから始まります。

アガメムノン　爺、幕舎の前へ
　出て来てくれ。
老召使　出てまいりました。何のご用でしょう、
　アガメムノンさま。
アガメムノン　急いでくれ。
老召使　急ぎましょう。
　歳はとっても寝惚けてはおりませぬぞ、
　目はしっかりとしております。
アガメムノン　あそこを行く星は何星だ、
　七つの路往くプレイアデスの近く、
　いまだ中空に掛かっているのはシリウスか。
　音という音は、鳥の囀りも

海の波音もとんと聞こえぬ。風も
ここエウリポスでは沈黙したままだ。
（一～一一行）

夜明け前の荒漠たる浜辺。そこに広がるギリシアの軍勢の幕舎は、いまはまだ眠りの中にあります。静寂が辺りを支配しています。その幕舎の一つから、アガメムノンが昨夜苦心して書き上げた手紙を手にして姿を現します。そして手紙を託すべき相手、召使の老爺を呼び出します。主従の打ち解けた遣り取りののち、アガメムノンの目は夜明けの空に星をたずねます。次いで思いは世事に転じます。アガメムノンは有力者の孤独な胸の内を吐露します。

アガメムノン　爺よ、わしはおまえが羨ましい。
また誰であれ世に知られず、名誉とも縁がないが
恙なく人生を送って来た者が羨ましい。
名声赫々たる人間は羨ましいとは思わんのだ。
老召使　しかしそこにこそ人生の華がありましょう。
アガメムノン　それ、その華が躓きのもとだ。
（一六～二一行）

アウリス出港のためにはアガメムノンの娘イピゲネイアを生贄にすべしとのカルカスの予言に驚愕し狼狽したアガメムノンは遠征を取りやめ、ギリシア全軍の解散を決意します。しかし弟メネラオスに強硬に反対され、娘の生贄をやむなく承知し、アルゴスへの招喚の手紙を書きます。しかし心は揺れます。迷った挙句に招喚中止の手紙を書き、老召使にこれを託そうとします。もともとアガメムノンにはトロイア遠征への野心がありましたし、総大将の地位は晴れがましいものでもありました。その名誉と責任感から、彼は弟の反対意見を容れることになります。男は仕事が第一です。彼は国許の妻クリュタイメストラにあてて第一の手紙を書きます、アキレウスとの婚姻が整った、すぐさまアウリスまで出向くようにと。

しかし彼は――出港反対派の意見を容れて――思い直します、「あのときの判断は間違っていた。もう一度思い直して書き直したのが／この手紙だ。夜の間に封を解き、また封をしたのを／爺よ、おまえは見たはずだ。／さあ、それではこの手紙をもってアルゴスまで／行ってくれ」。（一〇八～一一二行）

これが第二の手紙です。彼は両派の主張の板挟みになります。その状況が心中の動揺として描かれます。

男は仕事のほかに家庭を持っています。その家庭を、男は自分の仕事のために犠牲にできるか。自分の仕事を遂行するために、自分の娘の人生を犠牲にすることができるか。悩みぬいたアガメムノンは前者とまったく反対の内容の手紙を書きます。二通の手紙は、短時間のうちに変化したアガメムノンの心境と立場をそれぞれ象徴するものです。
アガメムノンと老召使とで構成されるプロロゴスは、アガメムノンの次のセリフで終結します。

なあ、わしと苦労を分けあってくれ。人間だれしも、
いつまでも幸せで恵まれているものではない。
悩みを持たぬ者なんておらんのだ……
（一六〇〜一六二行）

ここには善い意味でも悪い意味でも人間がいます。名誉と権力を有しながら、それに安住できない男。むしろそれゆえに悩む男。自分の仕事を十全に遂行し、人生の頂点を迎える機会に恵まれながら、それを掴み取ることができない男。いまはその人生は苦悩の時間でしかない。名誉と権力に恵まれた男がそれゆえに悩み、そうしたものを持たない匹夫の境涯を羨むのです。主戦派と反戦派との角逐《かくちく》は、こうしてこの一人の男の胸の内の動揺というかたちを取って表示されます。
遠征是非の論争が、アガメムノンという個体を借り、その心中の動揺という現象に託して描かれます。しかも国家の一大事という外観を呈しつつ、ことはアガメムノン一家の婚

礼問題へ、一家庭の家族問題へと、矮小化されています。

プロロゴスは、あいだに冗長なアガメムノンの独白を挟むとはいえ、――それは老召使と観客を対象に劇世界の背景を紹介する役割を果たしています――全体的に生彩に富み、アガメムノンと老召使の人間味の豊かなことをよくうかがわせ、観客（読者）を一挙に劇世界へ引き込みます。

3

アガメムノンの第二の手紙を託された老召使は、アルゴスへ向けて出発する直前にメネラオスに捕まり、手紙を奪われてしまいます。取り戻そうとメネラオスに抗う老召使。その争いの声を聞きつけて、アガメムノンが姿を現します。アガメムノンはメネラオスが手紙を不法に入手し、開封したことを非難します。

メネラオスは手紙の文面からアガメムノンの変心を知り、これをなじります。こんな具合です。

が、そのあと、カルカスが神託所で乙女をアルテミス女神に
生贄にせよ、さすればギリシア軍の船出は叶おうと言った、

喜んだあんたは娘の犠牲を承諾し、家へ手紙を書き送った、
――強制されてではないぞ、そう言うのは無しだぞ――奥方宛に
娘をこちらへ寄越せ、アキレウスに輿入れだ、と言い繕ってな。
ところが心変わりして違う文面にしようとした、そこで捕まった、
娘を殺したくなくなったのだな、きっとそうだ。

（三五八〜三六四行）

そこへ使者が登場し、イピゲネイアが母親のクリュタイメストラに伴われてアルゴスから到着したことを知らせます。一歩遅かった。娘の命を救おうと第二の手紙を書いた苦労も水泡に帰し、カルカスの予言通り人身御供を執行しなければならなくなります。アガメムノンは悲痛の声を上げます、「ああ、不幸なこの身、どう口を利いたらよい？　どこから始めたらよいのだ？／なんという必然の軛に落ち込んだものか」（四四二〜四四三行）。ひとしきり嘆いたのち、最後に彼はメネラオスに向かってこう言います、「そなたの勝ちだ、こちらは泣く身だ」（四七二行）。

ところが兄アガメムノンの様子を見ていたメネラオスは、思いがけない言葉を口にします。

わたしはあなたが目から涙を流すのを見て

不憫だと思った。わたしだってあなたを思って涙を流した。
さっき言った言葉は引っ込める。
わたしはあなたを責めない。いまはあなたと同じ気持ちだ。
一つ忠告しよう、あなたは子供を殺すことはしないでよい、
わたしの件を優先してもらわずともよい。正当ではないからだ、
あなたを泣かせてわたしのほうが喜ばせてもらうというのは、
あなたの家の者が死ぬのにわたしの家の者が命を拾うというのは。（四七七〜四八四行）

これはどういうことでしょうか。わずか一〇〇行ほど前の所では、彼はアガメムノンの変心と不決断を厳しく責めていました。その彼が追い詰められたアガメムノンの姿を目の当たりにして、いかにも人道主義者風のセリフを吐いています。この急激な変心は観客（読者）を驚かせます。ありえないことではないとはいえ、いかにも不自然ではありませんか。メネラオス自身は「同じ親から生まれた兄弟の心遣いがあればこそ／考えを変えたのだ」（五〇一〜五〇二行）とその理由を述べていますが、その心境に行き着くまでの思考の過程が全く描かれていないために、唐突で奇妙な感じを免れ得ないのです。むしろ喜劇的であるとさえ言ってよいほどです。敢えて言いましょう、ここで作者のメネラオス像の造形力は明らかに弛緩していると。劇の構造上から言っても、ここでメネラオスは敵役に徹

しなければならぬところです。肉親の情愛があったとしても、無視しなければならないところです。そうすることでアガメムノンの苦悩はさらに深まり、その優柔不断ぶりはますます顕在化するのです。

メネラオスはこの第一エペイソディオン（第一場）にだけ登場する人物です。この場が終わる五四二行以下には二度と姿をみせません。本篇における彼の存在意義は甚だ曖昧です。その実体は定かではありません。そもそもトロイア戦争は、彼の逃げた女房ヘレネを取り戻すために計画されたもの——話ではそうなっています——であるのに、当事者である彼がこう物分かりがよくては！　困ったものです。メネラオスという人物像は破綻しているというべきでしょうか。とにかく、イピゲネイアの生贄を否定するとは、トロイアへの出港を、いや、トロイア戦争そのものを回避、否定することを意味します。それではこの物語そのものが成り立ちません。

右に見た通り主戦派メネラオスも逡巡する男です。兄の弱腰を叩き、出港を主張しますが、弱気な兄に同情して出港反対派に変節します。その性格の二面性がはっきりと見て取れます。

彼が出港を主張するのは逃げた女房を取り返したいからです。きわめて私的な理由と言わざるを得ません。そのためにギリシア全軍がはるばるトロイアくんだりまで出掛けるとは、まず考えられません。そんなお伽話的な理由は現実にそぐわないからです。十万人の人間が十年間家を留守にするには、もっと実利的な理由が他にあってのことでなければなりません。

しかしメネラオスの変心、そのとつぜんの翻意も、いずれ一少女の愛国的決心のおかげで不問となります。そして真意であるか否かは不明ですが、恋女房を取り返しに行くという「旗印し」は、さえない中年男の悲願として皆の同情を集めそうです。彼はいたいけな姪っ子に救われるのです。

いや、野暮なことは言わないことにしましょう。作者はここでわざとお伽話に乗っかっているのです。

4

アキレウスが登場してきます。ギリシア軍中屈指の戦士であり、いまはわけあって本人の知らぬままに総大将アガメムノンの娘イピゲネイアの結婚相手に擬せられている男です。

さてアキレウスはなぜここで登場してきたのでしょうか。アウリスでの風待ちが長引くのに業を煮やした部下たちに突き上げられ、アガメムノンに出港を慫慂《しょうよう》しようと面会を求めてのことと、一応は理解できますが、じっさいはイピゲネイアとの結婚話にまつわるクリュタイメストラとの面談の場に彼を繋げるための前提的措置です。ですからここのアキレウスに見られるのは、軍中随一の英雄、出港を促す直情的な戦士といった姿ではなく、母娘の苦境に理解を示す融通性に富む一人の常識人の面影です。

彼はイピゲネイアをアウリスへ呼び出すために弄された策略（結婚話）に、自分の名前が無断で使われたことを怒ります、「それはアガメムノンがわたしに働いた無礼のせいだ。／彼はわたしに名前を貸してくれと言ってくれていればよかったのだ、／娘を連れだす口実にするからと」（九六一〜九六三行）と。

これは面子の問題です。アガメムノンへの怒りは、いっぽうでクリュタイメストラ母娘への同情を生みます。アキレウスはイピゲネイア救出を決心します。しかしその行為が今後の事態（アウリス出港と開戦）にどう影響するのか、彼自身、果たして意識した上でのことなのかどうか、判然としていないのです。劇の成り行きは迷走しそうです。

だってアキレウスはクリュタイメストラにこう言ってしまうのですから、「さあ、ご安心なさい。わたしはあなたにとって最大の神。／じっさいは神ではないが、いや、神となって進ぜましょう」（九七三〜九七四行）と。

こんなことを言ってよいのでしょうか。イピゲネイアを人身御供から救出することがギリシア軍のアウリス出港と矛盾するものだということを、彼は忘れているのではないでしょうか。さらに彼はクリュタイメストラにこう言うのです、まずあのかた（アガメムノン）に娘御を殺さないようお願いしてください。
もし嫌だと言われたらわたしの許までおいでくだされればよい。
願いが叶えられればわたしの出番はありません。
そうなれば助かるわけですから。
わたしも仲間に対して今以上によい存在になれますし、
ギリシア軍がわたしを非難することもありますまい、この事態を
もしわたしが力によらず道理を尽して処理するとすれば。　（一〇一五～一〇二一行）

力によるにしても道理を尽して処理するにしても、とにかくイピゲネイアの人身御供が回避されるとなると、ギリシア軍のアウリス出港はできなくなります。カルカスの予言は絶対的な強制力を持っています——アガメムノンの苦悩もまさにここにありました——から、右のセリフはこの間の事情が全く認識できていないことを示しています。作者のアキレウス像はいったい何なのか？

仲間のミュルミドン族から「動いてください、動くおつもりなら。あるいは手勢を国許へ帰すか、してください」（八一七行）と突き上げられてアキレウスはアガメムノンを訪ねたのでした。そのときにたまたま出会ったクリュタイメストラからイピゲネイアとの結婚話を聞いたアキレウスは、今度はクリュタイメストラ母娘に同情し、人身御供の回避に向

かいます。

いまに見ろ、この剣が知り分けようぞ、プリュギアへ出立するまえに
わたしはこの剣を殺戮の血で汚すことになるぞ、
もし誰かがわたしとあなたの娘御とを分け離そうとするならば。　（九七〇～九七二行）

これはしかし軍船のアウリス出港に正面から反対する行動です。それを承知の上での行動でしょうか？　配下の者たちの意向、また自分自身の意志とどう整合性を付けるのでしょうか？　トロイアへ行きたいのか、行きたくないのか？　戦士としての誇りを乳臭い小娘への同情と相殺してもかまわぬのか？

アキレウスはトロイアへ出立するつもりです。そのためにはイピゲネイアの死が必要です。しかし彼はイピゲネイアを助けるつもりでいます。この自己矛盾はどう解決されるのでしょうか。どうやらアキレウスはこの自己矛盾に気付いていないようです。ここに提示されたアキレウス像はまことに曖昧で不十分なものであると言わねばなりません。

5

こうした不甲斐ない男たちの性根を叩き直してトロイアへの出船を決意させるのが、イピゲネイアの赤心です。アガメムノンの二通の手紙に象徴される苦悩も、メネラオスの奇妙な変心も、アキレウスの矛盾だらけの言辞も、イピゲネイアが人身御供を受け入れることで一切解消します。作者はいたいけない小娘に出来合いの愛国節を唄わせて、全軍出港に漕ぎつけさせます。

優柔不断の総大将アガメムノン、逃げた女房との復縁願望しかない実弟メネラオス、だまされて策に乗っただけなのに、生真面目な助っ人気取りを発揮して危うく笑いものになるところだったアキレウス――この愚劣でお人好しの三人組をなんとか救い出したのが、イピゲネイアの愛国説教節です。そう、船は港を出たのです、やっとのことで。

最初イピゲネイアは死ぬことを辛がり、人身御供をやめてくれるように父親に懇願します、「人間には陽の光を仰ぐのがいちばんうれしいこと。／大地の下には何もないのです。死にたいと願うのは／心狂える人。立派に死ぬより無様でも生きているほうがましです」（一二五〇～一二五二行）と。

しかしアキレウスと面会し、アキレウスが周囲の反対にもかかわらずイピゲネイアをなんとか救おうとする姿にほだされたのか、とつぜん変心し、犠牲死を決意します。

このお客人（アキレウス）をその熱意ゆえに称えるのは間違ったことでは在りません。
だけどしっかり見届けなければなりません、この方が軍と敵対せぬように。
そしてこの方が不幸となるようなことは、一切わたしたちはせぬように。
お母さま、わたくし思いついたことがあります。お聞きください。
わたくし、死ぬことを決心しました。願わくは賤しい心根を捨て、
見事に死に切りたいと思います。

（一三七一〜一三七六行）

この方（アキレウス）は一人の女のためにアルゴスの皆と
事を構えて死ぬようなことがあってはなりません。
殿方一人は女子一万人よりも生きる価値があります。

（一三九二〜一三九四行）

と、自分の身を案じてくれるアキレウスに気遣いを見せたうえで、自らの死はギリシア
全体のためだと理由付けます。

（わたくしを）生贄にして、トロイアを攻略してください。これでわたくしは末永く
記憶されましょう。それこそわが子、わが結婚に代わるもの、わが誉れです。

ギリシアは異国の輩を支配して当然、でもお母さま、異国の輩がギリシア人を支配することはなりません、奴らは奴隷、わたくしたちは自由人ですから。

（一三九八～一四〇一行）

この突然のイピゲネイアの変心も不可解です。たとえその間にアキレウスの苦境を知る機会があったとしても、名目だけの花婿にここまで心を寄せる理由は見つけ難いと言わざるを得ません。またここまでの愛国心の発露も甚だ不自然です。このことはつとにアリストテレスも気付いていて、イピゲネイア像の不一貫性を指摘しています、「首尾一貫しない性格の例は『アウリスのイピゲネイア』である。というのは、嘆願者として救いを求めるイピゲネイアは、そのあとの彼女とはまったく似ていないからである」（アリストテレス『詩学』一四五四a三一以下、松本・岡訳、岩波文庫）と。

この指摘は――現代の研究者には、いや、彼女は心象においては一貫していると、異を唱える向きが多いのですが――当たっていると思われます。

わたしたちは悲劇の登場人物に性格の一貫性を求めるのが通常です。もし一貫性に欠けるとすれば、そういう登場人物を素材として構築される物語全体の思想性は表出不能となるからです。その一方で、しかしどのような人物にも恣意的な読み込みによって常に一貫性を求めようとするのは、受容者側の悪癖です。作意か否かは別にして、性格の破綻は破綻として認めなければなりません。

イピゲネイアの「決心」はデウス・エクス・マーキナー（機械仕掛けの神）の役割を果たしているという説があります。これは一考に価します。イピゲネイアが人身御供を決心し、受け入れることによって、それまでの一切の問題点、矛盾点、あるいは曖昧さ（アガメムノンの苦悩、メネラオスの奇妙な変心、アキレウスの存在の曖昧さ、加えて彼女自身の変心の唐突さ、不自然さまでも）が一挙に解決され、劇は終息に向かうからです。

イピゲネイアの決心を聞いたアキレウスが見せるおかしいほどの安堵感は、そのよい証拠です。

おお類稀なるお志。わたしはもう何も言えません。
そうすることで貴女の意が叶うというのであれば、
ご立派なお考えです。
（一四二一〜一四二三行）

その直前まで披瀝されていた死を厭う心情からの急変ぶりが、一段とデウス・エクス・マーキナー的効果を高めていましょう。

彼女は生身の人間ではないのです。無機的な存在なのです。愛国心の権化であり、高揚する民族意識、そのスローガンそのものなのです。いま彼女の口をついて出る言葉は、まだら若い嫁入り前の乙女のそれではありません。それは言わされた言葉なのです。「立派に死ぬより無様でも生きているほうがましです」（一二五二行）が彼女の本音なのです。「願わくは賤しい心根を捨て、／見事に死に切りたいと思います」（一三七五～一三七六行）というのは言わされた言葉なのです。彼女は生身の人間であることをやめさせられたのです。彼女は決心したのではない、決心させられたのです。彼女はデウス・エクス・マーキナー的な、それでいて神ではない無機的な存在、いわば手段ないしは道具ともいうべきものに変化させられたのです。

ではなぜ彼女は無機的な存在へ、手段へ、道具へと変化させられたのでしょうか？　そして愛国的スローガンを叫ばせられたのでしょうか？

ここで作者の愛国的心情の有無を詮索することは控えます。ただ一つ指摘しておきたいのは、本篇でのイピゲネイアの愛国心の強調はトロイア戦争に取材したこれまでの作品（『ヘカベ』、『トロイアの女たち』）で示された作者の反戦的主張と相容れないものがあるということです。作者はイピゲネイアに全ギリシアへの愛国的熱情を披瀝させているのです。

それはなぜか？　作者は船を出させたくなかったのです。イピゲネイアが愛国節を歌わなければギリシア軍は乱れ、遠征への統一的意志は喪失された可能性があります。作者の意図はそこにあった。しかしただそれでは素材との整合性が失われてしまいます。それは困る。

と言って作者は愛国讃歌を書こうとしたわけでもありません。時代に合わせた政治的意図は、おそらくなかったでしょう。ただ、時あたかも前五世紀末、内戦の帰趨がアテナイにとって悪い形で決定しかけていた時代です。ですから、これは作者の祖国アテナイへの絶望的な愛国の情を示すものとも考えられるのです。ただしここに示されているのは、文面は、全ギリシア讃であって、狭い意味でのアテナイ讃ではありませんけれどもね。

ところで作者エウリピデスは人身御供という風習をどのように考えていたのでしょうか？　じつは人身御供は歴史時代のアテナイ人にとって、決して縁遠い話ではありませんでした。プルタルコスは前五世紀前半の例（『対比列伝テミストクレス伝』）と前四世紀前半の例（『対比列伝ペロピダス伝』）を報告しています。

前者は前四八〇年のペルシア戦争時のサラミスの海戦において、ギリシア方テミストクレスが予言者エウフランティデスの予言に従って三人のペルシア人捕虜をディオニュソス神に人身御供にした例です。

後者はテバイとスパルタが争った戦争時（前三七一年）、テバイの将ペロピダスが人身御供の夢を見たという話から、古今のさまざまな例が挙げられ、その是非が論じられ、結局最終的には人間ではなく馬が犠牲に供されて、一件落着した時の話です。

以上から、野蛮で残酷な人身御供という風習が戦時に特有なものであったとしても、前五世紀後半のエウリピデスたちの時代においても、人々の身近に存在するものであったことがわかります。そしてエウリピデスは自らの作品の中で、いかに伝承の世界のなかでのこととはいえ、おそらくそれを承認することはできなかったと思われます。とはいえしかし彼はそれを作中で否定的に扱うこともしませんでした。逆にここではイピゲネイアをして、それを称揚せしめています。これはどういうことでしょうか？

ここにはおそらくパラドクシカルな操作があると思われます。イピゲネイアの性格の破綻という批判は承知の上で彼女を変心させ、大義に殉じる崇高さを過大に強調すること、そしてそれによって観客（読者）の心の中に感動を喚起することです。そしてそのことによって人身御供という事実が持つ野蛮性、未開性を隠蔽することです。イピゲネイアの決心には一点の迷いもありません。そのあまりにも純粋無垢な自己献身が観客（読者）の胸を打ちます。それは、よく見れば嘘っぽいが、とにかく文句なく美しいものであるからです。そこではもはや前後の整合性は問題になりません。その「たくらまれた崇高さ」に陶酔した観客（読者）は事の野蛮性を忘却します。民族的な野蛮性、未開性は、愛国という作られた価値観で隠蔽されてしまうのです。これは作者が仕掛けた一つの仕掛です。あるいは事の野蛮性を忘却するために、観客（読者）は自ら進んで「崇高さ」を求め、そこに沈潜するのです。これは舞台と観客席との理想的な共同作業と言えましょう。そして共同作業が成功するためにはイピゲネイアの決心は突然で、しかも完璧な変心でなければならなかったのです。

6

イピゲネイアは自ら進んでアルテミス女神の生贄になるべく、舞台を後にします。その最後の言葉です。

イオー、イオー
光輝く太陽よ、
ゼウスの光よ、それとは違う人生を、
違う運命を、わたしは住みゆこうとしています、
お別れです、愛しき光よ。

（一五〇五～一五〇九行）

ここには人の世との訣別を余儀なくさせられた一人の乙女の悲しみがあります。行間に惜別の情が滲み出ています。それは先ほどまでの没我的な自己献身とはそぐわないものです。ここにおいて先ほどまでの観客（読者）の感動は憐憫に代わります。

イピゲネイアの生贄受諾によって劇中で提起されていた問題はすべて解決されます。しかし彼女のこの最後の言葉を聞いて、観客（読者）はイピゲネイアが生身の人間であるこ

と、まだうら若い少女であることに改めて気づくのです。彼女は死ななければなりません。そして死ぬでしょう。しかしその死がもたらす悲哀のスパイラルは、果たしてどこまで伸びるのか。それは終息することはないのでしょうか。

ここで作者はいま一つ仕掛けを講じます。一五三二行以下のエクソドス（最終場面）は、第二の使者によるクリュタイメストラへの報告で構成されています。その告げるところは、生贄の場でのイピゲネイアと雌鹿とのすり替えです。イピゲネイアは殺されたのではありません。いまわの際に雌鹿とすり替えられて命を救われ、「（あなたのお嬢さまは）きっと神々のもとへ飛んで行かれたのです」（一六〇八行）という結末となります。

これを聞いたクリュタイメストラは、

こんな作り話はわたしを慰めるために決まっている。
おまえを亡くした辛い悲しみを
わたしの心から消すためです。

（一六一六～一六一八行）

とつぶやくのですが、観客（読者）は、「こんな作り話はわたしたちを慰めるため」と理解するのではないでしょうか。

劇は終わります。そして「神のもとへ飛んで行った」イピゲネイアは、まさにデウス・

エクス・マーキナーの役割を果たしたことになるのです。マーキナ（機械）にこそ乗りませんが、すべての懸案を帳消しにして、自らの死さえも回避して、遥か天空へ飛び去ったからです。

ただこのエクソドスの場は作者エウリピデスの真筆か否か、議論が錯綜するところです。甲は、イピゲネイアの退場で劇は終了し、エクソドスの場は元来なかったのだとして、雌鹿とのすり替えによる大団円を否定します。乙は、エクソドスの場を認め、大団円が悲劇的カタルシスにとって代わるとします。そして作者エウリピデスは悲劇ではなくメロドラマを書いたのだと結論します。

メロドラマであるか否かの判定はさておき、わたしたちはイピゲネイアの最期の言葉に読み取れる悲嘆の情が、エクソドスの使者の報告によって、つまりは雌鹿とのすり替えによる救命によって慰藉されることに喜びを覚えます。エクソドスはこのわたしたちへの慰藉のために存在するのです。それはこの劇のエンターテインメント的役割を果たすものと言ってよいでしょう。作者は通常の悲劇のように、作中に性格の一貫した人物――たとえばメデイア――を造形するよりも、それを捨ててむしろ劇の各場面に観客（読者）の関心を促すことに意を用いているのです。

アガメムノンの逡巡、メネラオスの変心、アキレウスの曖昧な言動、そして何よりもイピゲネイアの突然の変心と不自然極まりない自己献身の表明、とみてくれば、作中には終始一貫して作者の作意を担う主人公がいないことがわかります。イピゲネイアは劇の題名にその名を貸していますが、劇の主人公として観客（読者）から認められた存在ではありません。

観客席の一般大衆は登場人物たちのさまざまな在り方をいぶかしく思いつつも、イピゲネイアの劇的変心に感動を覚え、最終場面での雌鹿とのすり替えによる救命に喜びを感じ、満足して劇場を後にするのです。これはメロドラマかもしれません。

いや、むしろこういうことではないでしょうか。作者は、どうしようもない時代に生きているどうしようもない人間たちの生態を、ただそのままに記録しようとしただけのことです。冒頭に述べた通り、本篇は複雑な成り立ちのゆえに複雑な顔立ちと性格を持っています。おそらくそのせいで、彼らはそのどうしようもない姿をそのまま晒しているのです。筆者にはそう思えます。

10 メデアのゆくえ

1

ローマの哲学者セネカ（前四年頃〜後六五年）は悲劇作品も書いていて一〇篇の作品を残しています。そのうちの一篇に『メデア』（執筆年代あるいは上演年代不詳）があります。これはギリシア悲劇のエウリピデスの『メデイア』（前四三一年上演）に準拠したものです。とはいえセネカはエウリピデスをそっくりそのままなぞったわけではありません。両作品にはその執筆上演年代に約四八〇年の時間差がありますが、その他の点でも明確な差異があります。「アイゲウス・シーン」と「アプシュルトゥスの亡霊」の有無です。エウリピデスではアテナイ王アイゲウスが登場して世継ぎ誕生と引き換えにメデイアに復讐後の逃亡と身の安全を約束する場面がありますが、セネカにはこれがありません。またセネカには、メデアが故国を出るときに殺した弟アプシュルトゥスの亡霊が登場して慰霊を求める場面がありますが、エウリピデスではその存在は無視されています。

両作品は、黒海東岸のコルキス出身のメデイア（ラテン語ではメデア）が自分を裏切った夫イアソンに復讐するために二人の子供を殺害するという復讐物語ですが、右の両場面の有無は作品の文芸的、芸術的価値にそれぞれ何らかの意義を与えずにはおかぬだろうと思えます。少なくともわれらが読み取るべき作品の意味にも違いが生じるはずです。

セネカは改作『メデア』にアイゲウスを登場させませんでした。そしてそれに代わってアプシュルトゥスの亡霊を登場させました。これは何を意味するのでしょうか？ 改作された『メデア』はどういう作品なのでしょうか？

とりあえずはセネカ『メデア』をみてみましょう。いや、その前にちょっと脱線して作者のセネカについて触れておきます。

生まれはスペインのコルドゥバ（現コルドバ）。早くにローマへ出て学問の研鑽を積みますが、宮廷内の陰謀事件に巻き込まれてコルシカ島へ流罪となります。帰参後、暴君ネロの幼少期の家庭教師を務め、以来皇帝となったネロの輔弼《ほひつ》として隠然たる勢力を保持します。しかし最後はネロから「死ね」と言われ、手首を切って自死しました。ストア派哲学の大家ですが、それも含めて多彩な人生を送った人と言えましょう。多才でもありました。

［セネカ『メデア』の粗筋］

コルキスの王女メデアは父親と弟の反対を押し切り、ギリシアの若者イアソンに誘われるがままに祖国を捨て、ギリシアのコリントゥスまで出て来たものの、夫イアソンの手ひどい裏切り（離婚とコリントゥス追放）にあい、その復讐に自分の二人の子供を殺害してコリントゥスからどこへとも知れず逃げて行く、というのが凡その粗筋です。元のエウリピデスの『メディア』のそれと大筋では変わりません。

冒頭からメデアは自分を裏切った夫イアソンに対して激しい復讐の念を燃やしています。

さあ、心を怒り（ira）で引き締めよ。そしておまえ自らを恐ろしい行為へと
全情熱を込めて向かわせるのだ。別れる時の顚末は
一緒になった時と同じであるのがよい。おまえはどんなふうに夫を捨てるのか。
かつて彼に付いて来たあの通りに。うろうろと時間を費やすのはもうおしまいだ。
罪を犯して手に入れた家は、罪を犯して捨てられるのがふさわしいのだ。

（『メデア』五一～五五行）

復讐とはメデアになることだ、メデアに戻ることだ、そう彼女は宣言します。

乳母　故郷コルキスの人たちとは万里を隔て、ご亭主の誓いの言葉も反古となり、
あれほどあった財産も、あなたさまにはもう何も残っていない。
メデア　メデアが残っている。
このわたしの中に海と陸と剣と火と稲妻とがあるのが見えないか。
乳母　王さまを怖れなければ。
メデア　わたしの父も王だった。
乳母　武器は怖くありませぬか。
メデア　たとえ大地から生まれ出た輩であろうと。
乳母　死にますよ。
メデア　望むところ。
乳母　お逃げなさい。
メデア　逃げて悔やんだことがある。
乳母　メデアさま……
メデア　ええ、そのメデアになってやろう
乳母　あなたは人の子の母。
メデア　母親にしたのはどの男か、おまえも承知。

乳母　逃げるのを躊躇するのですか。

メデア　　　　　　　　逃げたい。でもその前に復讐してやりたい。

（一六四～一七二行）

畳み込むような口調の激しさが彼女の怒りの強さを物語っています。では激しい怒りはどのようにして復讐へと結実するのでしょうか。

エウリピデスのメデイアは相対した三人の男たち、夫イアソン、コリントス王クレオン、アテナイ王アイゲウスがそれぞれに示した子供への愛情あるいは世継ぎ待望への思いを「これこそ男親の弱点」と冷静に読み取り、「子供殺害」を夫イアソンへの最善の復讐手段と考えました。

セネカのメデアも「男親の子供への愛情」を嗅覚鋭く嗅ぎ取りますが、その出所は夫イアソンの漏らした言葉でじゅうぶんでした。クレオもアエゲウスも無用でした。

イアソン　正直なところ、その願い（子供連れの亡命）を聞いてやりたいと思う。だが父親としての愛情がそれを妨げるのだ。それを認めてやれとは、クレオだって――わたしの主人であり、また義理の父でもある人だが――彼だってそうしてやれと、わたしに強制はできん。子供らは生きてゆく上での糧、苦労して消耗したこの胸の慰めだ。もしあいつらと別れるくらいならわたしは早々に息をすることも止め、この四肢も切り離し、陽の光も拝まないでいたいと思う。

メデア　（独白）それほどまでにこの男は子供を愛しているのか。よし、こいつはいい。尻尾を捕まえたぞ。どこを押せば痛めつけられるか分かった。

（五四四〜五五〇行）

このあたりのセネカの手法は鋭く、無駄なく、そして知的です。

2

子供の死はイアソンにとって最大の痛みです。ですからこそイアソンへの復讐の最善の手段になります。復讐の手段として子供殺害が採用されます。

メデア　〈略〉よし決めた。復讐の方法はこれだ。しかも正当な方法だ。
罪の総仕上げが、いまこそ、いまこそ用意されねばならぬ――
かつてはわたしのものだった子供たちよ、
父親の罪をおまえたちが償うのだ。

（九二一〜九二五行）

しかしこれはまたメデアには最悪の手段です。母親がわが子を殺そうというのですから。メデアは逡巡します。せざるを得ません。

恐れが心を叩く。四肢は寒さで麻痺し、胸が打ち震える。
怒りは消え失せる。妻の身が追い払われて
母性がその姿を完全に取り戻す。
果たしてわたしにわが子の、わが腹を痛めた子供の、血を流すことができようか？
ああ狂いたった心よ、もっとましなことを考えたらどう？（九二六～九三〇行）

怒りが愛を追い払い、またその怒りを愛が追い払う。
ああ、お願いだから、怒りよ、愛に途を譲ってやって！（九四三～九四四行）

おお怒りよ、おまえの導くままにこの身を任せよう。（九五三行）

そこへメデアの弟アプシュルトゥスの亡霊が出現します。

ぼんやりと目に見えてきたのは誰の影だ？
四肢がバラバラになっている！　あれは弟だ、償いを求めているのだ。
よし、支払ってやろう、それもそっくり全部。
（九六三〜九六五行）

その影にそそのかされるようにメデアはわが子（その一人）を殺します。

そして弟よ、剣を引き抜いたこの手を使って――そう（息子の一人を殺す）――
犠牲に屠ったこの子を、おまえの霊への慰めの代としよう。
（九六九〜九七〇行）

メデアは館の屋根の上に昇ります。

いまこそわたしは取り戻した、王権を、弟を、父を。
そして　コルキスの人々は黄金の羊の皮衣を手にしている！
わが王国は戻って来た。奪われていたわが処女性が回復されたのだ。
おお神々よ、やっとわたしに慈しみを垂れたもうた。大祝祭の日、
婚礼の日よ、さあ、進め！　罪はなされた。
しかし復讐はまだまだだ。
（九八二〜九八七行）

メデアはイアソンと対峙します。イアソンは残った子供の救命を哀願します。しかしメデアは二人目の子供も殺します。

さあ、殺してやりました。
わが苦悩よ、おまえに捧げるものはもうこれ以上何も残っていません。
〈略〉
さあ、父親よ、この子供たちの死体を受け取るがいい（死体を投げ落とす）。
わたしは空中を翼もつ車で運ばれてゆこう。
イアソン　行くがいい、高い空のそのまた高みを。そしてどこへ行こうと
おまえの行く先には、神々はもはや存在せぬことを証してみせたらいいだろう。
（一〇一九〜一〇二七行）

復讐は成就しました。メデアは「翼持つ車」に乗ってただ一人いずこへともなく逃げて行きます。エウリピデスのメデイアは子供の死体ともども龍車に乗って逃げて行きますが、その行先はアテナイのアイゲウス王の許となっています。彼女はまだ生き続けるようです。セネカのメデアはどうでしょうか。まだどこかで生を刻むのでしょうか。それとも――

行き先は何処とも告げられていません。神のいない世界、神でさえ居ることが耐えられぬ世界、と言われています。

3

本篇『メデア』は先行作品『メデイア』の二番煎じです——そう言ってよいでしょう。それゆえ香りは薄れているかもしれませんが、しかし濃い味の、切れ味の鋭いものになっています。そしてより知的です。

両作品は、「復讐」という劇のテーマも、その筋道の点でもほぼ同じです。先に述べたように、ただ二点において違います。①アイゲウス・シーンの有無、②弟アプシュルトゥスの亡霊の有無です。いずれも主人公メデイア（メデア）の人物像の造形に掛かって来るものです。

自分を裏切った夫への復讐は夫殺しではなく、子供殺しです。それが最善手だとメデイアもメデアも思っています。メデイアは夫イアソン、コリントス王クレオン、そしてアテナイ王アイゲウスの三人の父親の言葉からそれを学習しました。一方メデアは——三人目のアイゲウスの登場なしでも——「子供にそそぐ父親の情の深さ」をイアソンの言葉の端から瞬時に読み取りました。鋭い知力によるものです。

知は力です。アイゲウスの不在はアテナイという復讐後の避難場所、逃亡先を失うことを意味しますが、メデアはそれを一向に気にする様子を見せません。己の知力で乗り切る自信があるがごとくです。

　そもそもメデアは、大切な家宝の金羊皮を惚れた男イアソンに持たせて故郷の家を出るときも父を裏切り、追ってきた弟を殺し、その四肢を切り離し、黒海洋上でそれを順次投げ捨てて追っ手の遺体収容を手間取らせながら、うまく逃げおおせました。夫の実家イオルコスのペリアス王家では手慣れた魔術を行使して一族を破滅させ、王位継承を阻まれた夫イアソンの恨みを晴らしてやりました。辿り着いたコリントゥスでは、夫イアソンを自分から奪い取った王女クレウサと国外追放令を出して自分を排除しようとした王クレオを毒薬で殺害しました。彼女は夫のために内助の功を十全に尽くしたのでした。

　暴力、策略、魔術、毒物、その使用すべて――大まかにいえば、これが彼女の知の総体です。彼女はこれで三王家を断絶させました。知はいつも、そして必ずしも、清浄無垢なものではないのです。それは善悪双方を包含した強い力なのです。

　エウリピデスのメデイアにとっても「子供殺し」は夫イアソンを困らせる最善の復讐手段です。同時に母親のメデイアにとってつらい行為です。彼女は殺害を決心するまで長い躊躇逡巡の時を過ごします（エウリピデス『メデイア』一〇二一～一〇八〇行）。そして最後に「テューモス（怒りの焔）」に負けて実行を決断するのです。

セネカのメデアも同じです。子供を中にして激しい怒りと母性愛とがせめぎ合います。「怒りが愛を追い払い、またその怒りを愛が追い払う」（九四三行）と言いながら、彼女は最後に「おお怒りよ、おまえの導くままにこの身を任せよう」（九五三行）といいます。そして二人の子供はイアソンへの復讐と、弟アプシュルトゥスの亡霊への慰藉のための贄として殺されます。両者とも激情、怒りと母性愛とのせめぎ合いに翻弄される姿を見せていますが、メデイアの場合には、知と情の絡み合いに苛まれる一人の人間の非情な決断をするまでの心理の過程がよく表されています。それに対してメデアの場合は、怒り（イーラ）と愛（ピエタース）のせめぎ合いに悩むのは同じですが、微妙な心理の過程よりも、むしろおのれの知力への信頼と依存が強いように思われます。独白の最後に彼女はこう言います。

弟よ、この復讐の女神たちに、このわたしから離れて冥界の死霊たちのところへおとなしく戻るように言っておくれ。わたしのことはわたしの好きなようにさせておくれ。
（九六七〜九六九行）

さあ、わが心よ（アニメ）、やるのだ。おまえの偉いことが人に知られぬままに埋もれてよいものか。皆におまえの腕の冴えを見せつけてやるのだ。
（九七六〜九七七行）

復讐の女神を凌ぐおのれの知力に対する信頼と自信です。

エウリピデスはメデイアに「テューモス（激情、怒りの焔）」が子供殺害の因だと言わせました。それがゆえに、してはいけないと知りつつもやってしまうのだと。知の抑止力を越えて奔出する激情を「テューモス」という一語に込めたのです。

セネカでも怒りと愛がせめぎ合い、そして最後にメデアは怒りに身を捧げ子供たちの殺害を決意します。しかしその怒りを差配するのは彼女の知力です。怒りに駆られてやるのではない、怒りを対象に向けろと自分の「心、思惟、あるいは知力」に向けて言っているのです。自分の「心」に言い聞かせているのです。

夫への復讐行為を支えるのは「怒りの焔」ではなく、復讐の女神を凌ぐ自分の知力に対する信頼と自信です。

4

セネカはギリシア悲劇を知的に読んだと思われます。知的に読み過ぎた、と言っていいかもしれません。いや、読み直したというべきでしょうか。書かない者、あるいは書けない者は読むのです。

改作は先行作品の読書報告に過ぎません。上演用のシナリオではありません、すくなくともこの作品は。

メデアとイアソンのような夫婦がいるとします。彼らには二人の子供がいます。イアソンには定職がありません。出自も良く、若いころには将来を嘱望されていたのに、いまだこれといった地位を得られていません。ところへ思いがけない幸運が転がり込んできました。有力者の娘を射止めたのです。当然イアソンは糟糠の妻を捨てます。出世のためです。心中穏やかならぬ妻は夫への仕返しを計画します。

ここまではよくある話です。誰しも可哀そうな妻に同情します。妻は夫への復讐に、夫ではなく、子供の殺害を求めます。これは誰の発案でしょうか？　単に先行作品を踏襲しただけでしょうか？　自分では思いつかないものの、言われてみれば巧緻かつ極めて効果的な復讐方法です。極悪非道ではあるが、それほどまでの怒りの奔出はわからぬものではないと――書かずしてただ読むだけの者は――「テューモス（激情）」の出番に拍手喝采を送ります。

しかし後発の者はさらに読み込まねばなりません。母親のわが子殺しという粗筋そのものは変更しませんが、その異常行動を取らしめるものを何とすべきか、知と情の対立構造の中で、先行者は情に「テューモス」という名称を与え、力を与えました。後発の者はどうするのでしょうか？

ちょっと後戻りします。エウリピデスでは、メデイアはわが子二人を殺しました。

さあ、哀れなわが手よ、剣を取るのだ、
手に取るのだ、辛い人生の門出に就くのだ、

（エウリピデス『メデイア』一二四四〜一二四五行）

と言いつつ館の内に入り、剣を振るいます。子供たちの悲鳴が聞こえてきます。

合唱隊　あのお子たちの声、聞こえますか、
……ああ、おいたわしい、ああ、むごい運命のお方よ、
子供一　ああ、どうしよう。母さんの手からどこへ逃げよう。
子供二　知らないよう、兄さん。もうどうしようもないのだもの。

（同一二七一〜一二七四行）

セネカのメデアはどうでしょうか？
突如現れたアプシュルトゥスの亡霊を見て「慰霊の代」にと、まず一人目を殺します（九六九行）。次いで屋根の上からイアソンを見据えて二人目を殺します（一〇一八行）。

不思議なことに、いずれの場合も子供たちは無言です。母親の手を逃れようとする気配もなく、哀願の声も、刃を受けた悲鳴もありません。メデアが「殺した」という声が聞こえるだけです。メデアは逃亡に際して二体の骸を屋根から下へ投げ落としますが、このときも「さあ、受け取れ」という声が発せられるだけです。彼女の説明だけに終始するこの場に子供らの死体はあったのか、いや子供らはじっさいにそこにいたのか、怪しまれます。臨場感がないのです。

おそらく子供らは作中にいなかったのです。ただメデアの言葉の中にだけ、作者の「説明」の中にだけいたのです。エウリピデスの作品を知っているわたしたちは子供の死の情景を想像できます。セネカの作品の足らぬところを補えるわけです。しかしエウリピデスの作品を知らぬ者——たとえば一世紀のごく普通のローマ市民——には足らぬところを補うことはおそらくできなかったでしょう。セネカはそういう連中は相手にしなかったのではないでしょうか。

作者セネカに言わせると、子供はいなくてもよい、いたと思わせられればよい、先行作品の残影を借りながらいたように説明すればよい、ということなのです。

エウリピデスのメデイアの「テューモス（激情）」はセネカでは「イーラ（怒り）」と読み替えられます。テューモスは、子供殺しは重大な倫理違反であるという自意識を打ち破るものですが、セネカでは、すなわちメデアの怒り《イーラ》は、テューモスの単なる代替物ではありません。それは「子供殺し」の直接的な動因として意識的に作用するのです。そうセネカは読み取っているのです。メディアはテューモスに力ずくで負けて殺害に及ぶのですが、メデアはイーラを殺害の手段、道具と意識して使うのです。そこには冷静で非情な知（アニムス）の操作があるのです。イーラ（怒り）はアニムス（知力）の操作を受けるのです。そうセネカは読んだのです。セネカの『メデア』は作品全体が怒りの「知的説明」である、ということなのです。先行作品読書後の自分流の読書報告書だということなのです。

この後メデアは姿を消しますが、いったい彼女は何処へ行くのでしょうか？　お教えしましょう。それは作者セネカの書斎です。その机上です。そこ以外に彼女が帰るところはありません。

あとがき

　ギリシア悲劇についてまた書きました。これまでと同様に、清流劇場の勉強会での話が基本となっています。今回は叙事詩、抒情詩についての考察も混じっていますが、人の世の営みや人間のありようを考察の対象にしている点は、従来と変わりません。

『オイディプス王』だけがギリシア悲劇ではないことを、これまでしばしば言ってきました。しかしこの作品が初出以来その強烈な個性で長年にわたって愛好者を生み育て、彼らをほとんど信徒化させてきていることはまぎれもない事実です。それを認めたうえで、では現代のわたしたちはこれをどう読み解くべきでしょうか。後世の人間たちが書き込んだ碑銘文を只なぞるだけでよいのかどうか、改めて自分の目で読み返すことが必要ではないのか。わたしたちの時代に合ったわたしたちなりの読み方が求められてしかるべきでしょう。

二千五百年の昔も今も、人間そのものは変わりません。しかし考えと行動は生きる時代によって変わります。讃仰や信仰に終わることなく、まずは見ること、見つめることが肝要でしょう。本書はその「見ること」に徹した観察記録です。

刊行については畏友田中博明氏の督励を受けました。そしていつもどおり書肆未知谷（伊藤伸恵氏）の手を煩わせました。篤くお礼を申し上げます。

丹下和彦

二〇二四年五月七日　神戸魚崎

たんげ　かずひこ
大阪市立大学名誉教授　関西外国語大学名誉教授
1942 年　岡山県生まれ
1964 年　京都大学文学部卒業
『女たちのロマネスク』東海大学出版会
『旅の地中海』京都大学学術出版会
『ギリシア悲劇』中公新書
『ギリシア悲劇ノート』白水社
『食べるギリシア人』岩波新書
エウリピデス『悲劇全集１～５』訳、京都大学学術出版会
『ギリシア悲劇入門』『ギリシア悲劇の諸相』『ご馳走帖』未知谷

ギリシア悲劇余話

2024年 6 月20日初版印刷
2024年 7 月 5 日初版発行

著者　丹下和彦
発行者　飯島徹
発行所　未知谷
東京都千代田区神田猿楽町 2 丁目 5-9　〒 101-0064
Tel. 03-5281-3751 / Fax. 03-5281-3752
［振替］　00130-4-653627

組版　柏木薫
印刷所　モリモト印刷
製本所　牧製本

Publisher Michitani Co, Ltd., Tokyo
Printed in Japan
ISBN 978-4-89642-730-1　C0098

——— 丹下和彦の仕事 ———

ギリシア悲劇入門

ギリシア悲劇と聞いて、アッ敷居が高いな、と思っていませんか？
心配ご無用です。観るも読むも自在でいいのです。
……
当らずといえどあれこれ考えてみる —— それはいいことです。
そのうちにひょっと思いついたり、思い当たったりすることが出てきます、
「アッ、見つけた！」という瞬間がね。（「まえがき」より）

＊目次

第１章　ギリシア悲劇とは
第２章　アイスキュロス『オレステイア』三部作 —— その１、暗殺と復讐
第３章　アイスキュロス『オレステイア』三部作 —— その２、復讐と裁判
第４章　ソポクレス『オイディプス王』—— 不憫
第５章　ソポクレス『アンティゴネ』—— 覚悟
第６章　ソポクレス『トラキスの女たち』—— 未必の故意
第７章　エウリピデス『メデイア』—— 狂う
第８章　エウリピデス『ヒッポリュトス』—— 乱れる
第９章　エウリピデス『ヘレネ』—— 具象と抽象
第10章　エウリピデス『エレクトラ』—— 余計なもの
第11章　ギリシア悲劇をどう読むか

160頁／本体1800円

未知谷

ギリシア悲劇の諸相